사랑이라 하겠습니다

박외도 시집

시음사
시사랑음악사랑

QR코드 스마트폰으로 QR 코드를 스캔하면
시낭송을 감상할 수 있습니다

 본문
시낭송
감상하기

제목 : 사랑이라 하겠습니다
시낭송 : 박영애

 제목 : 부활의 노래
시낭송 : 박영애

 제목 : 이별의 낙화
시낭송 : 조한직

제목 : 사랑은 희생
시낭송 : 최명자

 제목 : 그리움에 저무는 하루
시낭송 : 박영애

제목 : 칠십 평생 여기까지
시낭송 : 박영애

 제목 : 어머니 연가
시낭송 : 박영애

 제목 : 뇌우
시낭송 : 박영애

 제목 : 공동 어시장
시낭송 : 조한직

 제목 : 밤안개(2)
시낭송 : 박영애

 제목 : 감사와 행복(2)
시낭송 : 박영애

 제목 : 5월의 신부
시낭송 : 최명자

 제목 : 목이 긴 사내
시낭송 : 박영애

 제목 : 나의 아버지
시낭송 : 박영애

 제목 : 당신의 빛과 향기로
시낭송 : 박영애

영상은 YouTube 정책 또는 운영 관리에 따라 삭제될 수도 있습니다.

시인은 자연을 이야기하고 시낭송가는 자연을 품었다
글자는 날개를 달아 언어로 날고 소리는 자연에 눕는다

시인의 말

사랑이라 하겠습니다.

이 책 속에 거의 모든 사랑을 다 담아서 표현하려 했다.
허기진 영혼을 채우는 데는
아가페 사랑만 한 게 없다고 생각한다.
시는 자기의 내면을 들추어 보이는 것이라
사뭇 조심스럽다. 나의 시작 노트 첫머리에
기록해두었던 글을 조금 수정하여 소개한다.

나의 즐거움과 나의 노래와
나의 탄식을
이 책 속에 쏟아 버렸다.
그대 만일 이 책을 펼 때
내 마음도 벌어진다.

아울러 성경의 사랑 장 고린도전서 13장 1절처럼
내가 사람의 방언과 천사의 말을 할지라도
사랑이 없으면
소리 나는 구리와 울리는 꽹과리가 되지 않을까
두려운 마음이다.

* 아가페 사랑 : 그리스어로 무조건적 사랑을 말한다.

시인 박외도

* 목차

＊ 목차

사랑이라 하겠습니다.

당신이 있어 사랑이라 하겠습니다.
세상 그 무엇으로 당신을 대신하리오.
당신이 나를 사랑이라 불러 주었고
나는 행복하리라 소리쳤습니다.

봄볕이 따뜻하기로 서니
당신보다 더 따뜻하리오.
꽃이 아름답기로 서니
당신보다 더 아름다우리오.
어머니의 사랑이 숭고하기로 서니
당신의 사랑보다 더 숭고하리오.

당신은 만인의 사랑이요
영원히 한결같은 사랑이라
그러므로 서로 사랑하라 하셨으니
나만의 사랑이라 말하지 않겠습니다.

억겁의 세월 속에서도
영원히 변치 않는 사랑이라 하셨으니
나는 당신에게서 사랑을 배웠고
비로소 그것이 사랑임을 깨달았습니다.

제목 : 사랑이라 하겠습니다
시낭송 : 박영애
스마트폰으로 QR 코드를 스캔하면
시낭송을 감상할 수 있습니다

봄 햇살 너 참 오랜만이야

봄 햇살이 화사하게
춘삼월의 문을 열고
내 가슴을 포근히 감싸 안았네

그리움에 애태우던 사연은
겨우내 메말랐던 강산에
희뿌연 물기 어린 안개 되어
연초록 새싹들을 흩뿌려놓고

지난해 매정하게 뿌리친 게
미안했노라고
뒷산에 숨겨두었던
진달래를 슬그머니 내어 줍니다.

"봄 햇살 너 참 오랜만이야."
양지바른 언덕 밑에서
노란 민들레가 방긋 웃었습니다.

나의 봄이 궁금하여

나의 봄은
상긋한 바람을 따라 퍼지고
잔설이 녹은 바위틈
물소리 반주에 맞춰
미세먼지로 뒤덮인 산하에도
어김없이 봄꽃이 피어나고
연둣빛 쑥 향이 피어나는데
아직은 괜스레 춥다

나의 봄은
꽃샘추위를 넘겨야 오는가.
봄은 이미 왔는데
한없이 추위에 떠는 가슴
가슴 깊이 묻어둔
부끄러운 죄 많은 과거가
시린 고백처럼 피어올라
더욱더 추운 것인가

나의 봄은 여러 가지 물감으로
채색된 새싹들을
오랫동안 기다렸던
신기함으로 반기고
솟아오르는 생명이
어떤 봄인지 궁금하여
흙을 헤집어 보고 싶은 마음

나의 봄은
생명의 태동이 희열로 다가와
밤새 지새우고 얼마나 자랐을까
자신이 심은 것도 잊어버려
어떤 모습으로 나타날까 하여
새벽같이 정원으로 나가
당신의 섭리를 살펴보네.

사랑인가 봐

마냥 그리워지고 보고 싶은 사람
나의 심폐 속에 항상 산소 같은 사람
민낯으로 당신 앞에 서기가 어려워
깊숙이 묻어둔 용기를 끄집어내어야 하는 때
남자의 조그만 허세는 용납할 수 있는 사람

화려한 장미는 아니더라도
휘어질 듯 가녀린 꽃대 위에
우아한 자태로 도도한 향기를 풍기는 사람
어질고 현숙한 자태가 흐르는
한 송이 대국을 닮은 사람

지혜로운 슈퍼우먼 "아비가일"은 노코멘트

괜히 당신 앞에서 당당해지고 싶은 마음
숨겨둔 속살을 보인 듯 가슴이 두근두근
당신을 위해서라면 아무것도 아깝지 않아

"그대의 입술이 닿는다면
일회용 컵이 되어도 좋아요"

당신의 시선을 끌 만한 것이라면
무에라도 좋아요. 그것이 마음에 든다면.

* 노코멘트 : 견해 제시나 논평 또는 설명을 바라는 요청을 무시하고
　　　　　답하지 않는 일.

부활의 노래

제목 : 부활의 노래
시낭송 : 박영애
스마트폰으로 QR 코드를 스캔하면
시낭송을 감상할 수 있습니다

주님의 사랑의 흔적이
내 마음속에 되살아나는 날
진달래 봉우리 같은 피 한 방울이
내 가슴속에 짙은 향기로 남아있도다

수많은 세월을 이어오는
춘하추동 사시절은 끝이 없고
해마다 봄이면 어김없이 봉우리 맺어
다시 새로운 꽃을 피우나니

꽃은 분명히 말라 죽었으나
그 생명은 뿌리에 남아 새로운 꽃을 피우듯
생명 되신 주님이 살아계시니
부인할 수 없는 생명의 부활이라
인간이 다 풀지 못한 우주의 신비를 보라
"인간이 밝힌 6억 광년의 우주 외에
얼마나 더 큰 우주가 있는지 모르고
우주는 지금도 끝없이 팽창하고 있으며
지금도 생성과 소멸을 반복한다"
우주 만물이 시공간에 맞추어
온전한 질서를 유지하고 있나니

우주 안에 내가 있고
조물주 안에 우주가 있도다

그분은 우리를 지으신 자요
그분은 친히 부활하신 자라
우리의 생사여탈을 한 손에 쥐고 있으니
부활 또한 그 손안에 있도다
씨앗들이 썩어서 다시 열매를 맺듯
이 세상에는 시공을 초월하여
끝없이 죽고 사는 역사가 있도다.

사랑은 영원입니다.

진실한 사랑은
가장 아름다운 것이니
찻잔 속의 물처럼
목마름을 해갈하는
작은 소망이 되고
희생이 되기 때문입니다

씨줄과 날줄로
서로 얽히어
전혀 새로운 것을
탄생시키는 것이니
하나로 다가서는 사랑은
삶을 풍요롭게 하는 것입니다

서로를 품어주고
언제나 당신을 믿어주는
진실한 사랑은
나를 초월할 수 있는 사랑
그것은 영원과
통할 수 있는 길입니다

이별의 낙화

세상엔 영원한 것이 없다
화사하게 피어오른 꽃들이
어쩜 그렇게 속절없이 지는가

나의 사랑을 뿌리치고
매정하게 사라져간 그대
봄날엔 그래도 괜찮다

지는 만큼 또 다른 만남이
피어나고 있으니
결별은 또 다른 만남을 준다

격정을 인내한 나의 심장을
밀어내고
뒤돌아보지 않고 떠났다

아지랑이 속으로 아물거리는 그대
건너지 말아야 할 강을 건넌다
그대의 향기가 아슴아슴하다

한 사내의 심장이
무너지고 있다
이제는 내가 떠날 차례인가

세월은 모든 것을 삼키고
베어 먹고 시들어 버렸지만
친구여 아직도 여분은 남았네.

내가 그댈 버리지 않는 한.

제목 : 이별의 낙화
시낭송 : 조한직
스마트폰으로 QR 코드를 스캔하면
시낭송을 감상할 수 있습니다

사랑은 희생 (1)

진실한 사랑은
나의 욕구를 채우는 것이 아니라
끊임없이 주는 것이랍니다.

사랑을 한마디로
정의하라면 희생이라
그 속에 머무는 노래랍니다.

자꾸만 내 이상에
내 눈높이에 맞추려 하지 마세요
진정한 사랑은 자기희생입니다
자기희생 없는 사랑은
있을 수 없나니
희생이 있을 때
참된 사랑이 따른다오
희생 없는 사랑은 거짓입니다

사랑하는 것은
가면을 쓰는 것이 아니요
썼던 가면도 벗어야 함이라
서로의 속마음을 내보이며
서로를 이해하고
받아들이며
서로의 부족함을
채워가는 것입니다

누군가를 사랑한다는 것은
그의 장단점까지
덧셈 뺄셈 없이
아울러는 것입니다
사랑한다는 것은 서로의 모두를
거리낌 없이 받아들이는 것
사랑에는 희생이 따라야 합니다.

제목 : 사랑은 희생
시낭송 : 최명자
스마트폰으로 QR 코드를 스캔하면
시낭송을 감상할 수 있습니다

눈빛으로 말해요

당신의 눈빛 속에는
해맑은 호수가 있습니다.

당신의 눈빛 속에는
거짓 없는 진실이 있고

한마디 따스한 위로의 눈빛에는
형언할 수 없는 사랑이 있습니다.

말없이 바라보는 당신이
한없이 아름답습니다.

당신의 친근함과 진실한
눈빛에 정다움을 느낄 때면

진정 내 마음이 흔들리고
당신의 향기에 멍해집니다.

당신의 향기가 눈물겹도록 행복해
울컥하는 밤입니다.

그리움에 저무는 하루

오늘도 저무는 하루였다
그리움에 지쳐 버린 외로운 하루
내 인생도 저물어 가는데

갯바위에 부딪히는 물보라 속에
홀로 나는 갈매기 한 마리
아직 한 마리의 고기를 더 잡아야 한다.

온종일 갯바위에서
한 마리의 고기를 잡기 위해서
지친 날개를 열심히 퍼덕였다

날개에 힘도 빠지고 다리도 후들거리니
파도 소리에 밀려오는 슬픔
그리움에 저미는 가슴이었다.

저 멀리에서 들려오는 뱃고동 소리
배고파 울부짖는 새끼들의 울음소리
이제는 돌아가야 하는데

후드득 떨어지는 깃을 털고
마지막 혼신의 힘을 다해 하늘을 날았다
입에는 한 마리의 물고기가 물려 있었다.

제목 : 그리움에 저무는 하루
시낭송 : 박영애
스마트폰으로 QR 코드를 스캔하면
시낭송을 감상할 수 있습니다

19

사랑은 침묵해야 할 때도 있습니다.

마지막 가랑잎, 떨어지고
풀벌레 소리도 숨죽인
침묵의 밤 사경(四更)

언제까지나 말할 수 없는
가슴에 묻고 무덤까지 가야 할 사연
더구나 누구에게는 치명적인 말

광풍에 포효하는 파도 소리같이
그에게는 커다란 상처일 수 있기에

헤프게 말한다는 것은 불신이요
배려가 없음이니 좋은 관계를 위해선
입에 재갈을 물려야 할 때가 있다오

우리는 인간인지라 영락없는
오해 속에서도 진정한 사랑을 위해선
영원히 침묵해야 할 때가 있어요.

완전한 침묵과 희생
고요한 별빛 같은 침묵의 소리
내가 조금 상처를 입더라도
덮고 조용히 감내하는 것입니다.

* 밤 사경 : 새벽 4시에서 6시까지에 해당하는 시간

아가(雅歌)

당신이 찾아 주시는 날엔
날 기억함이라
향기로운 사랑이
진한 포도주보다 더욱 진하여
마른 흙을 뚫고 돋아나
갓 피어난 무리 진 백합의 향기입니다

당신이 찾아 주시는 날엔
나의 부끄러운 과거마저
기도가 되고 나의 허물이
사마리아 여인의 우물보다
더 맑은 생수 되어
흘러넘치는 기쁨입니다.

당신이 찾아주시는 날엔
그윽하고 진한 향기로 나를 감싸고
내 영혼에 불을 지펴
모든 어둠과 절망이 영원히 사라지고
백합보다 더 귀한 영혼을
피워내는 보다 더 큰 사랑입니다.

작은 풀꽃이고 싶습니다.

잎새 바람에도 흔들리는
내 작은 마음의 기도가
당신을 향하게 하시고
당신 안에 숨 쉬는
한편의 짧은 시가 되게 하소서
영원히 지지 않을
깨끗한 영혼을 불어넣어 주는
작은 풀꽃이고 싶습니다.
당신의 동공 속에서
영원토록 찬란히 빛날
작은 풀꽃이고 싶습니다.

내가 누군가에게
작은 희망이라도 줄 수 있다면
작은 풀꽃이라도 좋아요
누군가의 가슴에 작은 사랑이라도
심어 줄 수 있다면
그것으로 참으로 족하다오.
고통과 슬픔과 눈물 속에서도
당신께 사랑을 가르칠 수 있다면
그것으로 나는 충분하다오.
끝없이 노상 흔들리면서도
작은 풀꽃으로 살아갈래요.

오랜 장마 끝에 모처럼 맑고 시원하게 갠 하늘에 흰 구름이 흐르고 바람마저 시원하게 불어 모처럼 생기를 되찾는다. 뜰에는 대추나무가 무성하게 자라 알알이 대추가 맺혀 자라고 아기 주먹만 한 석류가 커가고 여름 상사화가 화단 구석구석에 화사한 모습을 드러낸다. 작년에 대대적으로 가지치기를 한 비파는 짙은 초록색을 띠고 건강하게 자란다. 이제는 마음에 부담되는 것들을 내려놓고 홀가분하게 자연을 느끼면서 살아가야겠습니다. 들꽃과 같은 삶을 살고 싶습니다. 꾸미지 않아도 단아하며 겸손하고 소박한 아름다움에 흠뻑 젖고 싶은 충동을 느낍니다. 담 밑에 이름 모를 작은 풀꽃을 바라보면서 문득 우리에게 깨끗한 영혼을 불어넣어 주는 작은 풀꽃이 되고 싶습니다. 하나님께서는 작은 풀꽃 하나도 허투루 창조하지 않으시고 존재의 의미와 가치와 사랑을 심어 주셨습니다.

봄 향기 첫사랑

풋풋한 봄나물의
싱그러운 향이
입안을 가득 채우면

살랑대는 봄바람에
가슴속 첫사랑이
남실거리고

봄볕을 반기는
여린 가슴을 포근히
감싸 안아 주니

당신의 따뜻한
사랑에 한없이
녹아드는 한낮입니다.

얼른 커라

커다란 아빠 신 신고
힘겹게 걷는 아이
까르르 웃으며 달려와
안기는 아이
귀엽고 예쁘다

어제까지 짧은 옹알이하던 아이가
오늘은 제법 방언을 말한다.
@&#%$*&!
뭔 말인지 도시 알아들을 수가 없다
처음으로 '엄마'라 말하는 아이

순결한 영혼 너의 작은 숨결
청초하고 맑은 눈망울
너는 향기 품은 꽃
잠자는 너의 모습 평화롭다
온갖 평화가 여기 있구나.

엄마의 빈자리

조용하다
텅 빈 집 같다
엄마가 보이지 않는다.

낮잠을 자고 난 아이들이
소리 내어 함께 울며 걷는다.
작은 아이는 아랫도리를 다 내어놓고
울며 형을 따라나선다.

엄마 없는 집이 무섭다
고개를 뒤로 젖히고 하늘 보고 운다.
안방에서 건넛방 거실을 누비고 다니며
서럽게 집이 떠나가라 운다.

엄마가 전등불을 켜자
방안이 환해졌다
"엄마 여기 있다 왜 울어?"
아이들의 눈물을 훔쳐준다.

큰아이가 작은 아이를 바라본다.
작은 아이가 큰아이를 쳐다본다.
큰놈이 깔깔 웃었다
작은놈이 깔깔 웃었다
언제 그랬냐는 듯 깔깔거린다.

새로운 애인들

고희를 넘기고
새삼스럽게
사랑에 빠졌다

불면 날아갈까
쥐면 꺼질까
금지옥엽 같은 사랑
어떤 보옥에다 비할까

사랑의 꽃이 되어
뒤에서 끌어안고
앞에서 안겨 오는 여린 꽃
고사리 같은 손 잡으니
혈육의 정이로다

누나는 단정하고
형은 개구쟁이
막내는 호기심 덩어리
나의 눈길 사로잡는
어린 천사들

온 집안에
까르르 웃음소리
굴러다니고
행복이 한 아름 안겨 온다
어린 천사 나의 손주들.

늙은이 가슴에 비가 내리면

늙은이 가슴에 비가 내리면
으스스 스며드는 2월의 한기에
마음마저 한없이 떨린다.
여태껏 이루어 놓은 것 없는
빈 가슴임에랴
멀리도 왔건만
이제야 이 길을 헤아릴 수 있구나.

자꾸만 시들어 가는
초라한 모습에
이건 아니라고 손사래 쳐 보지만
온 어깨가 빗물에 젖어
짓눌리듯 힘들다.

그러나
늙은이 평생에 궂은날 있으면
좋은 날 없겠느냐
흐린 날이 있으면 갠 날도 있는 거야
삶의 무게를 감당하기 힘들지라도
묵묵히 이 길을 걸어가면
꽃 피고 새 우는 고운 봄도 있는 거야

늙은이 살아가는 날에
수많은 소나기를 만나도
구름 사이를 비집고 나오는 찬란한 햇빛은
지켜야 할 약속을 이행하듯 제 소임을 다하고
오늘도 소망의 무지개는 내 영혼을 밝힌다.

칠십 평생 여기까지

내 인생 칠십에 당신을 바라보니
못난 남편 만나 곱던 청춘 다 삭히고
삼 남매 키우느라 세월이 준 훈장이
당신 얼굴에 새겨져
다하지 못한 설움으로 내 가슴 아려 옵니다

설한풍 얼어 터지는 겨울 보내고 나면
새봄을 맞을 수 있는 이치를 배우며
저 남녘 산 너머에 무슨 봄이 있으려나

인생은 유한한데
무심한 세월은 화살같이 빠르고
당신께 미안함을 무엇으로 표현할까?

칠십 평생 여기까지 내 곁을 지켜준 당신
의젓한 아들과 두 딸을 키워주고
가족을 보살피며 가정을 꾸리다가
세월의 훈장을 단 당신 모습 애처로워
한 맺힌 멍울처럼 목이 멥니다

세월은 흘렀어도 변함없는 믿음으로
남은 삶 열심히 당신 위해 살리다.

제목 : 칠십 평생 여기까지
시낭송 : 박영애
스마트폰으로 QR 코드를 스캔하면
시낭송을 감상할 수 있습니다

오늘같이 청아한 날엔

오늘같이 청아한 날엔
생기 넘치는 열정과
꿈과 희망이 부푼 가슴에
오월의 싱그러운 향기 가득 담아
영근 꽃봉오리 피어난다.

오늘같이 청아한 날엔
내 사랑을 초청하여
향기로운 아카시아, 꿀과
연분홍 두견주를
함께 나누어 마시리라

오늘같이 청아한 날엔
한 마리 나비 되어
꽃 위에 앉았다가
꽃가루 향기 묻은 날개로
임의 손등에 옮기리라

오늘같이 청아한 날엔
오월이 다하기 전에
내 사랑 임에게
장미와 백합화를 꺾어
화관을 만들어 씌우리라

오늘같이 청아한 날엔
한 점 구름이 되어
사랑하는 임과 함께
마음이 원하는 대로
천상 비경을 찾아 떠나보리라.

융프라우

열차가 산을 타기 시작하자
푸른 초장과 그림 같은 집
더 넓은 초원에 방목하여
한가롭게 풀을 뜯는 소와 양 떼들
이름 모를 야생화 천국
자유와 평화와 희망이 샘솟는 곳

만년설 4,158m의 웅장한 산세
억겁의 세월 속에
커다란 역사의 바퀴를 구른들
사람들이 이 경이롭고 웅장한 산세를
흉내라도 낼 수 있을 것인가
얼마나 위대한 창조주의 솜씨인가

기껏 융프라우의 심장부를 뚫고
톱니바퀴 산악 열차를 타고
3,571m의 전망대에 오른다
설산과 구름이 하나가 되면
보였다 사라지기를 반복하고
도저히 가늠할 수 없는 힘으로
찬란한 태양 빛살이 하늘에서 피어난다.

인간의 끝없는 욕심과 욕망이 개발이란 핑계로 지구를 파괴하니 만년
설이 녹아 거대한 눈물이 되었다. 융프라우 그것을 지으신 창조주의 권
능 헤아릴 수 없는 높이와 넓이와 깊이 앞에 나는 한없이 작아지고 낮
아진다.

언어의 장벽

청포도가 익어가는 계절
8,600K를 날아가니
지구의 한쪽에도
포도가 익어가고 있더이다.

낮달도 뜨고
해님도 타오르고
소나기도 퍼붓고
꽃도 피고 새들도 노래하고 있더이다.

다른 것보다
같음이 더 많은 세계
그곳에도 사람이 살아
서로 사랑을 나누며 살고 있더이다.

오직 다른 것이 있다면
방언을 모르는 나에겐 언어의 장벽
그것이 알프스산맥보다 더 높고
만리장성보다 더 견고하더이다.

무너진 바벨탑을
밟고선 가이드가 있어
우리는 먼 이국땅에서도
와인 잔을 기울일 수 있으니
천만다행이었소이다.

새로운 소망으로

석양의 해처럼 육신이 쇠퇴해 갈 때
내 영혼 더욱 생기 넘치게 하시고
평안과 즐거움으로 충만케 하소서
나의 시력이 흐려질 때
나의 영안(靈眼)을 밝히사
나의 신랑 주님을 바라며
천상의 비경을 바라보게 하소서

세상에서 실망할 때 천국의 소망으로
미래의 찬란한 꿈꾸게 하시고
나의 두 귀가 이명으로
세상의 소리 잘 안 들릴 때
천상의 소리로 이 가슴 뛰게 하시고
세상 소망 끊어질 때 영혼의 청아한 곡조가
하늘을 감동케 하소서.

이 육신 장막 집 무너질 때
영광의 면류관으로 덧입게 하시고
나의 영광만을 추구하던 것이
하나님의 영광을 앞세우게 하시고
세상을 연애하던 마음이
주님만을 사모하게 하소서.

연정

러닝 바람으로
꽃밭의 풀을 베고 났더니
휘어질 것 같은 가는 허리로
얼마나 감싸 안았던지 등 뒤에 온통
야생 나리 꽃물이 벌겋게 들었다

꽃밭에 들어갔다는
숨길 수 없는 증거
나리꽃의 연정이었다.

봉숭아 꽃물은
공을 들여야 한다.
빨간 꽃잎 콩콩 으깨어 손톱에 감고
하룻밤을 지나고 나야 물이 든다.

할머니 손톱에도
어린 두 손자 녀석 손톱에도
주황색 물이 예쁘게 들었다
거기에는 연정은 없었다.
할머니의 손주 사랑만 있었다.

어머니 연가

현실의 바깥쪽 어딘가에
상상의 나래를 펴며
꿈에도 못 잊을 어머님의 얼굴을 그립니다.

주황빛 둥근달은 거대한 시공간에 맞추어
오늘 밤도 어제 있던 그 자리에서
자식들 걱정에 불같이 뜨거운 꽃 심장이 되어
하늘의 하나님께 기도하고 계실까?

어머니 지어주신 바지저고리
입고 놀던 유년의 그리움이
긴 세월을 따라서 옵니다.

들에 나가 하루 종일 농사일 하시고
밤에는 밤이 맞도록 바느질하여
손수 무명 솜바지를 만들어 입히고
정작 자신은 양말 한 켤레 제대로 사 신지 못하여
항상 구멍 난 양말을 덕지덕지 기워 신으시던 어머니!

궁핍한 살림살이로
삼시 세끼 자식들 잘 먹이지 못해
가슴이 아파도 정작 어머니는
누룽지로 허기를 채웠습니다.

소풍 가던 날 소금으로 간 맞추어
정성으로 싸주신 둥근 김밥
떨어뜨려 온종일 굶었다는
철없는 자식 얘기 듣고
용돈 한 푼 못 준 것이 한이 되어
눈물 지우시던 어머니!

보채고 조르던 자식
늙어 할아비가 된 지금도
풀꽃 같은 어머니 향기 못 잊어
속으로 새겨 불러보아도
이제는 대답 없으신 어머니!

제목 : 어머니 연가
시낭송 : 박영애
스마트폰으로 QR 코드를 스캔하면
시낭송을 감상할 수 있습니다

아카시아 향기

아카시아 숲속에
우리의 유년이 있다
하얗고 달고 풋풋한 향기
향긋한 바람이 불 적마다
그 달콤한 꽃송이 따먹던
내 단짝의 그리움이 있다

아카시아 꽃그늘에서
헤어졌던 너를
꿈길에서 황홀한 꽃향기로
풋풋한 너의 향기를 기억해 낸다
산다는 건 추억을 삼키고
한없는 그리움을 따먹는 거다

사뭇 그 향기 기억 속에 빠져
지금도 너를 못 잊어
아카시아 향의 추억에 취하여
너를 회상하며
너의 체취가 흐르는 대로
무작정 남은 세월 너를 따라나선다.

미로 같은 인생길

먼 이국땅
미로처럼 뚫린 터널 속에서
눈 깜짝할 사이에
일행을 놓쳤다

일 분이 십 년 같은 시간
불안과 공포
앞길을 예측 못 할
인생길

이리도 저리도 가지 못할
미로 속에 갇힌 새앙쥐
나는 어디로 가야 하나

더 나아 갈 수 없는 순간
불안에 한없이 떨었다
오직 구세주가 나타나기만을
기다릴 뿐이었다.

2017년 6월 28일.

융프라우 해발 3,571m 전망대에서 4,158m의 만년설을 관람하고 내려
오던 중 네 갈래로 갈라진 터널 속에서 눈사태 장면 영상을 찍으려다 일
행을 놓쳐 버렸다. 방언을 모르고 가는 방향이 틀리니 수많은 사람이 지
나가도 나는 혼자일 뿐이었다. 마지막 열차를 타야 한다. 시간은 촉박한
데 통화도 되지 않았다. 일행을 잃었을 땐 제자리에 가만히 있어야 한다
는 말이 기억나 제자리에서 허둥대고 있으니 얼마나 지났을까 가이드가
급히 올라오며 불렀다.
"선생님 놀랐지요?" 하며 나의 어깨를 감싸 안았다.

뇌우(雷雨)

한여름 소나기도 아닌데 뇌우가 쳤다
어둠 속에 갇혀 있던 꽃과 나비들이
쏟아져 나와 날아올랐다

퍽, 와지끈 성난 단말마적 비명에
산산이 찢긴 꽃과 나비들의 시신들이
날아오르다 떨어지고
선혈을 토해내며 흐트러졌다

사람은 어디까지나 사람이다
하늘을 향하여 난타하고 삿대질하여도
깊은 후회로 되돌아오는 메아리뿐

질서 없이 흐트러진 밤이었다
깊은 회한의 밤이 피어오른다
며칠을 두고 말없이 속죄의 단을 쌓았다
드디어 스스로 누그러지고 허물어졌다

어차피 인생은 각본 없는 연극이다
그 연극의 주인공은 바로 나다
가고 있는 방향을 모를 때
더욱더 빠른 속도로 무질서 속으로 질주한다

다시 볼 일 없을 것 같은 며칠이었지만
광명 한빛 속에 다시 꽃과 나비들로 채워졌다
꽃들이 피어나고 나비들이 분분히 날았다.

제목 : 뇌우
시낭송 : 박영애
스마트폰으로 QR 코드를 스캔하면
시낭송을 감상할 수 있습니다

그리움

멀리 가버렸던 임의 체취가
십이 개월 만에 도돌이표 되어
온갖 꽃과 나비들의 춤사위로
가슴속에 다가와 흐르는
물소리 바람 소리

하얗게 피어난 뭉게구름
따사로운 임의 부드러운 손길에
그리움이 녹아내리고
온갖 아가씨들의 웃음꽃이
삼월을 넘는 길목에서
화사하게 피어나고

그녀는 입술 언저리가 간지러워
수줍은 미소가 떠나질 않는데
잊지 못한 그리움의 포옹은
파르르 떨림으로
전율처럼 전해져 온다.

눈물

나는 아름다운 눈물만
수정처럼 정갈하고
깨끗한 눈물만 흘릴래요.
눈물은 영혼의 산물
마음의 꽃이니

세상 살아가면서
어찌 기쁜 일만 있으리오.
고뇌의 눈물도 있고
사랑하는 이를 잃은
슬픈 눈물도 있으리니

천신만고의 노력 끝에
얻어지는 승리의 기쁜 눈물
때로는 승리보다 아름다운
어머니의 눈물은
그 무엇과 비교할 수 있으리오

실패와 낭패를 당한 뒤에
후회하는 통한의 눈물
여성이 부정을 저지르거나
캐시미어 숄을 얻기 위한
거짓의 눈물도 있으니

남자가 절대 흘리지
말아야 할 낙루(落淚)
나약함의 상징이 되는
체(涕), 설(洩), 사(泗)는
흘리지 말자

세상에서 가장 아름다운 눈물은
크게 뉘우치는 눈물이다.

아쉬워라! 유두가 피고 있구나.

수정 이슬 머금은 꽃봉오리
유두처럼 탱글탱글
꽃대마다 붙어 있어
입술을 갖다 대려다 보니
개미들이 먼저 접수하였구나.
조금만 참으세요.
곧 활짝 피어날 거예요
귓가에다 속삭이네

활짝 만개한 꽃도 좋지만
열여섯 갓 피어난
소녀의 수줍은 유두처럼 몽실몽실
꽃봉오리가 내 눈길 사로잡네.
파르르 소름이 돋도록
예쁜 망울 벌리며
함박꽃이 피기 시작하네
아아! 아쉬워라. 유두가 피고 있구나.

진달래꽃

하늘나라에는 그 어디에도
사랑하는 임이 없어
지난해 이별한 사랑하는 임

아직 쌀쌀한 기온인데도
가슴 부푼 그리움과
애틋한 사랑으로
꽃잎부터 먼저 내밀며
임을 찾아왔건만

아직도 임을 찾지 못하여
이 골짝 저 골짝을 헤매이다가
연분홍 치맛자락만 휘둘러 놓고
가엾은 순정의 눈물 한 줌 흘리고
시들어간 그대여

아아!
나는 너를 못 잊어
조용히 숨죽여 찾았노라.

공동 어시장

이른 새벽 먼동이 트고
밤새운 피로가 물구나무를 설 때면
뱃고동 소리 따라 갈매기도
어시장을 기웃거리고

밤새워 조업한 어부는 피곤도 잊은 채
시끌벅적 한가득 기대에 부풀었고
힘겨운 노동이 숨 가쁘게 경매된다

갓 잡아 온 고기 무더기
조금 전까지 살아 움직이던
주검들이 널려 있고
꼬리지느러미의 파닥거림도 멈추었다

환히 불 밝히고
경매꾼들의 활기찬 움직임
알아들을 수 없는 소리
당찬 아낙네들의 비릿한 몸놀림이 분주하다

어제보다 더 활기찬 내일을 열기 위하여
사내들의 열띤 고함
자갈치 아줌마들의 빠른 손놀림 속에
공동 어시장의 치열한 새벽이 밝아온다.

제목 : 공동 어시장
시낭송 : 조한직
스마트폰으로 QR 코드를 스캔하면
시낭송을 감상할 수 있습니다

겸손

긴 세월 광풍을 겪은
노송나무 아래서
한자도 안되는 어린 소나무
생을 노래하였음이여

고고한 춤꾼 학을 몰라보고
검은 비둘기가
학 앞에서 춤을 추었구나.

인생을 달관하고
평생 마음을 갈고닦은
장부(丈夫) 앞에서 나는 아직
어린아이에 지나지 않는데

머리 위에 하늘이 있고
해와 달이 얼마나 높이 떴는지
나는 전혀 모르고 살았구나.

항상 겸비한 마음이면
어느 경우에도
부끄러움을 당치 않을 텐데.

그해 겨울과 유년

외딴집 초가삼간
작은방 얇은 흙벽
문틈, 창호지 구멍으로
황소바람 스며들던 삭풍

요강단지 윗목에 두고
호롱 심지 돋우면
'얘야 불장난하면 오줌싼다'
할머니 꾸중에 삼촌과 난
무명 목화솜 이불 함께 덮고
서로의 체온을 나누며 잠을 청했지

나의 몸부림칠 때마다
이불은 일렁거려 춤추고
찬 기운에 할머니 품속에 파고들며
나의 유년은 그렇게 익어 갔지

이제는 할머니도 삼촌도
이불과 함께 사라지고
칠순을 넘긴 나 홀로 커다란 방에서
침대에 온수장판 깔아놓고
화려한 꽃이 그려진 얇은 이불 덮고서
그 옛날 유년을 꿈꾸듯 유영한다.

깊어져 가는 밤에

깊어져 가는 밤에 잠 못 이루어
밤새워 뒤척이다가
또 다른
새벽을 맞이합니다.

세월은
시위를 떠난 화살같이 너무 빠르고
무의미하게 허송세월만 한 것 같아
가슴 한구석이 메어옵니다

깊은 회한으로 눌러 담은
아픈 기억들이 되살아납니다.

가쁜 숨을 몰아쉬며
최선을 다해 보았지만
손에 쥔 건
알맹이 없는 껍질뿐입니다

생의 끝자락에서
그래도 행복해할 수 있는 것은
사랑하는 사람들이 있고
사랑할 수 있는 사람이 있다는 것입니다.

꽃에 비가 되어

비 오는 날
내 작은 방안에서
불 밝히고 글을 긁적이다

무슨 글로
당신의 마음을 얻을까
고심하여도 사랑이란 단어는
가슴에만 맴돌고

거미줄에 걸린
작은 빗방울처럼 위태하여
쉬 고백하지 못하니
마음만 답답하구나.

잔잔하고 아름다운
사랑 노래가 되어
비파의 음률로
그대의 귓전을 파고들까

너울 쓴 그대의 입술에
수줍은 마음 감추고
떨어져 죽을까

영롱한 물방울의 그리움으로
그대 가슴에 뛰어들어
순수하게 영원으로 녹아 버리고 싶어라.

꿈이었나 봐

봄이 꽃을 데리고 왔나요.
꽃이 봄을 데리고 왔나요.
꽃이 지자 봄이 사라지고
봄이 지자 봄꽃이 사라졌네.

꽃봉오리 맺을 때부터
봄이라고들 노래했는데
나비는 언제 다녀가고
언제 꽃이 피고 저버렸는가.

야산에 진달래는 언제 피었고
철쭉은 언제 피고 졌는가.
라일락은 언제 사라지고
장미는 또 언제 시들었나.

어느새 연둣빛 작은 잎새가 짙어가고
피고 지고 피고 지고 하다.
장미의 정열도 사라졌구나.
이 모든 게 일장춘몽이던가.

따뜻한 봄볕에
혼곤히 잠깐 졸고 났더니
봄은 감쪽같이 사라지고
이미 여름이 문 앞에 있구나.

나비의 꿈

눈에 잘 띄지 않게 쳐놓은
거미줄에 걸린 나비 한 마리
빠져나오질 못하고
날개를 파닥거릴수록
더욱 얽혀 숨통을 조여오는
그것은 목숨을 노리는 덫이었네

오늘도 나의 가는 앞길에
쳐놓은 거미줄, 은폐한 함정
한 발 잘못 디디면
천 길 낭떠러지로 추락할 운명
가장 아름다운 것으로 위장하여
나를 유혹함이여

조금은 지혜로워져라
이제 어리석음에서 깨어나라
말씀의 채찍으로 다스리며
미련했던 삶에서 추슬러
안목의 정욕을 따라가던 길에서
당신의 사랑만을 바라보겠네.

석류

간밤에 둥근 달을 보며
담홍색 별꽃이 되어 환하게 웃었습니다
그리움이 엉겨 붙는 가슴속에서
알알이 영그는 꿈을 보았습니다

담홍색 석류 꽃피워 송이마다
행복으로 눌러 채우고
한여름 열기를 받아 모아
한가득 영롱한 보석으로 가꾸었습니다

잉태한 보람이
저마다의 빛깔로 여무는 계절
담홍색 영롱한 알갱이 새콤달콤한 맛이
내년을 기약하며 벌어집니다.

가을은 기다리면 기다릴수록
더 큰 보람으로 웃을 일이 더함은
주홍빛 사랑이 알알이 터져
그리움이 쌓이기 때문입니다.

늙은이 가슴에 낙엽이 지면

날이 저물어 쌀쌀한 바람이 분다
앙가슴 헤치며 파고드는 찬 기운

늙은이의 여윈 가슴 헤집어
더없이 쓸쓸함이 파고드는데

하늘은 높아만 가고
가을은 깊어만 가는구나.

잎이 떨어져 연륜이 쌓여가니
이제는 지는 낙엽도 눈부시다

인생의 행로는 얼마나 터득하였나.
나를 가르치지 못하면 허사일세.

낙엽이 쌓여 토양을 비옥하게 하듯
늙은이는 후대에 밑거름이 되어야 하리.

늙은이 가슴에 찬 바람 불면

날도 저물고 싸늘한 바람이 분다
겨울의 쌀쌀한 날씨는 더욱더 시린데
가슴뿐이랴 마음마저 시리다

늙은이 가슴에 찬 바람 불면
마지막 단풍 한 장이 흔들리다
공중제비를 넘으며 맥없이 떨어져
흩날려 사라져간다

맑은 하늘은 빙판같이 싸늘하고
너무 추워 가슴에 소름이 돋는다.
삶의 무게가 힘겨워 가슴을 짓누르니
한 발짝 떼기도 힘에 부친다.

나는 열심히 달린다고 하나
보는 이의 눈에는 엇박자만 집는데
오늘의 바람은 어제의 바람과 같지만
나는 어제보다 더 박식해졌다

연륜이 쌓여갈수록 지혜도 늘었고
아직은 할 수 없는 것보다 할 수 있는 게 더하였으니
나 비록 늙었어도 한 줌 밑거름으로 남으려 하네.

몽돌의 노랫소리

살을 깎는 고통이 없다면
어찌 둥글어질 수 있으리오
물결 따라 수없이 구르는 고난 없이
어찌 매끈한 몸매를 지녔으리오

모나고 거친 몸이 흐르는 여울
세찬 물골에 살을 깎는 아픔을
참고 또 참아내지 않았다면
아름다운 매끈한 몸매가 있었으리오

잘브락 몽돌 부딪치는 소리
그 긴 울음이 없었더라면
저기 저 고운 여인이 하얀 맨발로
참방참방 걸어서,
임의 품에 쉽게 안길 수 있으리오

세월 따라 더욱 아름다운 영혼이 되어
자신은 자꾸만 닳아 작아져 가도
남에게 커다란 행복을 주며
잘브락, 사그락 소리 내어 노래하네

말 한마디

해와 달빛과 온기로 말하고
벌과 나비는
날갯짓으로 말하고
달팽이는 촉수로 말하고
예쁜 꽃은 색깔과 향기로
말하지요

공중의 새와
동물들은 울음소리로 말하고
나무는, 잎을 펴며
따뜻하다고 말하고
오색단풍 떨어뜨리면서
춥다고 말하고
구름은 비를 뿌리며 말하는데

사람은 체면치레 때문에
말하지 못하고
수치심 때문에 말하지 못하고
교만과 아집 때문에 말하지 못하고
믿지 못하여 말 못 하나
사랑의 말 한마디는
서로를 세워 줍니다.

영원한 잎새

시월의 밤바람이 차가워
옷깃을 여미는데
풀벌레들의 울음소리
처량하다 못해 처절하구나

육십여 년 흘렀다
알곡이 여무는 논두렁에서
온종일 참새 떼 쫓던 아이가
일찍 들어오지 않았다고

머리채 휘어잡고 넘어뜨려
할퀴고 물어뜯던 비정한 엄마
누구도 말릴 생각 못 하고
아이의 비명과 서러운 울음소리

계모는 결핵으로 오십도 되지 못하여
마지막 잎새 되어 담장 아래로 떨어졌다
아이는 지금 어느 곳에서
이제는 다 잊고 살아갈까

옹이 되어 가슴에 박혔을까
부디 세상을 밝게 보았으면
사랑하는 남편과 자녀들 보며
이제는 울지 않고 웃으며 살아가겠지
절대 떨어지지 않는 영원한 잎새가 되겠지.

여인과 찻잔

검은 머리 흰 서리 내리도록
결 고운 이마의 잔주름이다.
이제는 당신께로 가고 싶다
바람이 되어 별이 되어 가고 싶다

숨 막히는 가슴을 가다듬고
온 힘을 다하여 잔을 올렸다
물이 변하여 옥 액 금장이 되어라
모든 슬픔이 변하여 기쁨이 되어라

대를 이어 받쳐 올리는 며늘아기를
흐뭇한 미소로 바라본다
그래 이제는 네 차례다
정갈하고 성스러운 잔을 올려 드리는 거다

한껏 부풀어 오른 치맛자락을 끌며
작은 발자국을 사붓이 내디딘다.
양손으로 받쳐 든 찻잔에
온갖 정성이 가득하다.

* 옥 액 금장 : 빛깔과 맛이 좋은 술

현실에서

서쪽으로 기운 달빛이
흐릿하게 휘장을 드리운다
심지를 돋우어 불을 밝혀라

어두운 세상에서
꿈도 이상도 상실하고
헤매다 지쳐 잠든 새벽녘
무지개 꿈을 깨우지 말아라

꿈속에서나마
청운의 꿈과 이상을 실현하게
꿈과 현실이여 동침하라
낙원이여 일어서라

절박한 상황 속에서
만 원짜리 지폐 한 장이
절실한 자에게
복 돼지꿈을 꾸라 하겠느냐

열흘 굶주린 자에게
흥부의 박 씨는 무엇이며
강도 만나 죽게 된 길손에게
입으로만 의사에게 보이라
이 무슨 울리는 꽹과리냐.

호접지몽

별이 내린다
달빛이 창문으로 비쳐 드는 순간
오늘 밤은 또 무슨 꿈을 꾸며
너에게로 갈까

혼곤한 꿈결에
현실인 듯 아닌 듯
내가 나비인가 나비가 나인가
비몽사몽간에 너에게로 간다

네가 있어 위안을 얻고
희망을 품는다
세상에 꽃은 많지마는
나의 손길로 되살아난 너만 할까

언제나 마음 설레게 하는
네가 있어 행복하니
밤의 여로에서 좌절의 고비에서도
너를 만나 내가 살아난다.

가리개

하늘을 수없이 가려도
블라인드 사이로 비집고
들어오는 빛으로
나의 부끄러운 치부가
아픕니다

화장술로 낯을 가려도
말씀 앞에 서면
덧칠한 가면은 벗겨지고
주근깨, 기미, 점 하나까지
투영되어 실체가 드러나네

가려도 가리어도
없어지지 않음이여
차라리 민낯으로
주님 앞에 용서를 빌면
오욕의 덫에서 벗어나겠네.

제비꽃

한적한 고갯길에
제비꽃이 앙증맞게 피었다.

가느다란 꽃대에 매달려
나비 한 쌍이
조용조용 흔들리고 있었다.

연기같이 흐느적거리는
몇 올의 실바람에
향긋한 꽃내음이 스쳐 가고 있었다.

지나가는 길손들의 발에 밟히며
어렵사리 피어나고
또 지고 있었다.

만월

팔월 대보름달 휘영청
높이 솟았는데
어릴 때 초가지붕에
걸렸던 달이
지금은 아파트 꼭대기에 걸렸네.

내 눈엔 계수나무는커녕
토끼 한 마리도 아니 보이고
은쟁반 속의 그림은
둥근 상에 온 가족이 둘러앉아
저녁 만찬을 즐기는 모습이네

산천은 낮처럼 밝고
갈바람에 달그림자만 대롱거리니
달은 자꾸만 나를 따라오고
집집이 풍성한 밥상 앞에서
웃음꽃이 활짝 피는구나.

낙조(落照)

달리는 쾌속 열차에 몸을 싣고
쉼 없이 달렸다
허공에다 희망을 걸어두고

태산준령 가로막아도
힘겨워 헐떡이면서도
참고 견뎌야 했다

세상 것 다 차지하려는
당찬 포부 욕망의 줄 거머쥐고
역사(驛舍)에서도 멈추지 않았다

뒤돌아보지 않았다
이제 좀 쉬어갈까 뒤돌아보는 순간
서산으로 내려 숨는 낙조를 보았다

한평생 이루어 놓은 것 없이
인생 황혼에 말라버린 편린들이
붉게 물들어 우수수 떨어진다.

가을 나들이

내일이면 상강이라
아침저녁 바람도 차졌고
용암포 사랑도에는
흰색의 구절초가
지천으로 피었다

도심에 갇혀
가을이 어디쯤 가고 있는지
옛 경험을 떠올려
짐작으로만 그렸는데
누렇게 채색된 들판을 내달렸다

가을걷이가 시작된 들녘엔
여름의 꼬리를 끊어내고
산에는 오색 불꽃이 한창이다
광안리 대교의 불꽃놀이보다
더 고운 감성의 시가 흐르고 있었다

낚싯대를 드리워
학꽁치의 은빛 비늘을 즐기고
고등어의 힘찬 손맛은
파르르 온몸으로 전하여졌다
갑오징어의 먹물로 낙관을 찍었다.

편백나무 숲길을 걸으며

이른 아침
편백나무 숲길을 걸으며
심호흡으로 피톤치드를 한껏 마셔 보자
육신의 모든 세포가 전율하듯 깨어난다.

숨 가쁘게 달려온 여기까지다
정상은 밟아보지 못하고
되돌아갈 수 없을 만큼 멀리 왔다
아니, 정상의 최 꼭짓점을
이미 넘었을지도 모른다.

육신의 욕망과 성공을 위하여
달려온 세월만큼이나
짓눌린 어깨 희미해진 시력
꾸부정한 허리 삐걱거리는 관절
손에 한 움큼 쥐었으나 펴보니 빈손이다

아직은 늦지 않았다
이제 욕망의 짐 다 벗어버리고
내 영혼을 위하여 노송나무 숲길을 지나며
저 높은 곳을 향하여 새 아침을 맞이하자.

내가 당해 보아야 남의 심정을 안다

살아 움직이는 동안에
살아 있음의 고통과 설움을
감내 하지 않으면
어찌 열매를 얻으리오

죽을 것 같은 고통 앞에서
텅 빈 시간 허허로운 시간을
감내 하지 않았다면
어찌 내면의 정제된 순수한 눈물을
얻을 수 있었으리요

죽음 앞에서 비틀거린
처절한 시간이 없었다면
어찌 남의 눈물과 고통을
이해할 수 있었으리요

나의 한층 더 성숙함은
질고와 고통에서 얻어진 것이라
눈물 젖은 빵을 먹어보고
죽음의 문턱에 다다르고 난후에야
남의 고통과 설움을 이해할 수 있었노라

현대판 바벨탑

현대판 바벨탑
오 년 전 규모 7.3의 대지진
지축이 흔들리고
대지가 큰 고통으로 울부짖었다

바닷물이 곤두서고
쓰나미 되어 밀려올 때
노랫소리가 아비규환으로 바뀌고

태평양 바다가 모든 것을
삼키고 할퀴어 가매
유령도시가 되어버린 후쿠시마

팔백만이 넘는 잡신(우상)으로
조물주를 화나게 하는 나라

내진 설비를 그렇게 잘하는 나라
원전의 안전성을 굳게 믿었지만
신이 한번 흔들어 버리니
유령도시, 시간이 멈춰버린 후쿠시마

마침내 시작되는 종말 같은 재앙
인간의 타락으로 자연까지 망가진다.
우리는 이것을 보고
他山之石으로 삼아야 하리.

애잔한 모정이여

소박한 들꽃처럼 맑은 마음으로 피어났지만
한평생 삶이 너무 지치고 힘들 때
늙어가는 나약한 모습 보이기 싫어
홀로 말 없는 기다림이 내 삶의 전부랍니다.

누가 알아주기를 바라지 않았으나
자식 잘되기를 바라는 일념에
깊숙이 가려진 속살까지 내어 주고
이제는 빈껍데기만 남은 찌든 몸이랍니다.

비가 오면 우산이 되어 주고
혹여 추울세라 따뜻한 가슴도 내어 주다
이제는 오히려 옆구리가 허전하고 시려
추레한 모습으로 떨고 있는 삶이랍니다.

아직도 자식 걱정에 마음 편할 날 없으니
이 걱정은 평생 짊어져야 할 십자가인가요
죽는 날까지 품에 품고 죽을 사랑이여
영원히 단절할 수 없는 애잔한 모정이여.

가을비 양지나 음지에 구별 없이

비가 내립니다. 밤낮 쉼 없이 조잘거리며
가을비가 며칠째 내립니다.
비는 메마른 대지 위에
골고루 뿌려 해갈을 시켜줍니다

한결 시원한 바람과 함께 뜨락의 나뭇잎새에도
활짝 핀 코스모스 꽃잎 위에도
가을 열매 영그는 들판에도
살아있는 모든 생명 위에 내립니다.

비가 내립니다.
들에도 산에도 축복의 가을비가
하염없이 내립니다.
메마른 내 영혼 깊은 곳 찌든 때 자국 위에도
흘러내려 하얗게 순백의 꽃잎같이 씻겨줍니다

풍성한 가을을 재촉하는 단비는
상류층의 여유로운 영토에도
가난하고 순박한 농부의 전답에도 뿌립니다.
하늘을 향하여 삿대질하는 자들에게도
선악 간 모든 이에게 골고루 내립니다.
양지나 음지에 구별 없이 내리는
님의 보편적인 사랑입니다.

겨울이 오기 전에

겨울이 오기 전에
만나야 할 사람이 있다
꼭 만나고 싶은 친구가 있다
꿈에도 못 잊을 친구가 있다

잊으려야 잊을 수 없기에
마음 깊이 묻어 두고
엄마 잃은 설움에 울던 너를 생각한다.
엄마 잃은 작은 새는 저리도 슬피 우는가.

겨울이 오기 전에
너를 만나 안부를 묻고 싶구나.
모든 시름 다 잊을 때도 되었으련만
겨울이 오면 너는,
먼 타향 땅에서 외로워하겠지

온종일 참새 쫓던 아이가
늦었다는 이유로
계모에게 물어뜯기며 울었지
너는 다 잊고 행복하게 살고 있니?
저 나무도 잎을 떨구며 호곡하고
잠 못 드는구나.

이 가을엔 기도하게 하소서

이 가을엔 기도하게 하소서
노을 진 저녁 바람에
나부끼는 갈대꽃처럼
길 잃은 나그네같이 어두운
그늘에서 두려워하는 자들에게
작은 빛으로 살게 하소서

이 가을엔 가슴으로 기도하게 하소서
싸늘한 바람 풀 섶을 헤치는 소리에도
허리가 시리고 여윈, 가슴 허전해하는
늙고 병들고 신음하는 이들에게
희망을 잃고 방황하는 이들을
가슴에 품고 기도하게 하소서

이 가을엔 나로 굳세게 하소서
영원한 푸른 잎새로 남겨주소서
그대가 지기도 전에 내 붉은 잎은
마른 낙엽으로 먼저 부서집니다.
내 가난한 이웃들 연로한 어르신들
고아와 병든 자들 희망을 잃은 자들을 위하여
나로 쉬지 않고 기도하게 하소서.

작은 천국

세상에서 제일 아름다운 것을
그리고자 하는 화가가 있었다네
그래서 목사에게 물었더니
"믿음이 가장 아름다운 것이야!"
이번에는 지나가는 군인에게 물었더니
"평화가 가장 아름답다네."
그러고는 신혼부부에게 물었더니
"그것은 사랑이요."
화가는 그 세 가지 답이 마음에 들어
믿음, 평화, 사랑을 그리기 위해 붓을 들었으나
그 세 가지를 합친 그림은
너무 어려워 그릴 수가 없었다네

여러 곳을 돌아다녔으나 그리지 못하고
지친 몸으로 집에 들어서는데
아이들이 "아빠"하고 안기는데
화가는 아이들의 반짝이는 눈에서
믿음을 발견하였고

남편이 오랫동안 집을 비워도
아내는 여전히 부드러운 태도로
남편을 따듯이 맞아주니
화가는 아내의 따뜻한 마음에서
사랑을 발견하였고 화가는
아이들과 아내가 있는 집안에서
편안히 쉴 수 있었다네

화가는 결국 세상에서 가장 아름다운 것이
"가정"이라는 사실을 깨닫고
아름다운 가정의 모습을 그리게 되었습니다.
화목한 가정은 "작은 천국"입니다.

* 목사님의 설교 예화 중에서

야생화

화장도 하지 않고
꾸미지도 않은 엷은 미소
한 송이 앙증맞은
작은 들꽃이라도
꽃이라 행복입니다

꽃이 되었다는 것은
무한의 바람을 안고
큰 태양을 품었다는 것
그래도 자랑하지 않는
그 초연함

눈여겨 보아주는 이 없는
이슬 맞은 소박한 들꽃이지만
바람이 곁에서 맴돌고
햇볕이 감싸주는 한
행복한 한 송이 꽃이랍니다

시인이 진(盡)하여
한 송이 들꽃으로
다시 피어난다 해도
밤이슬 함께 맞아줄 꽃이 있어
시인은 외롭지 않을 것이다.

오후 2시 30분경 만덕1동 뒷산 약수터 둘레 길을 약 3시간 정도 걸려 걸
으며 이름 없는 야생화 그것도 가장 작고 보잘것없는 것들을 휴대전화기
에 담으며 계속 야생화만 생각했다.

야생화(2)

무슨 사연 그리 깊어
야생화로 피었나.
한 자락 바람 따라
곱게 피어났건만

모든 사념 다 버리고
임만 그리워하는데
그리운 내 임은
어느 골에 헤매나

언제쯤 오시려나.
양춘가절 잠깐인데
기다림에 지친 눈은
동구 밖을 서성이네.

내일을 모르는 나비

화창한 날씨
하늘엔 흰 구름 흐르고
산들바람 부는데
유채꽃 속에 노니는
하얀 나비는
평화로운 한때 즐겁구나.

내일을 모르는 나비
번데기로 살 때는
이런 세상 있는 줄 몰랐지
나비로 사는 것도 한때인 줄 모르고
영원한 줄만 아는 거지
다 늙어 날개에 힘이 빠질 때야
생의 덧없음을 깨닫지

욕망과 욕심을 가지고
높이 올라가면
끝없이 추락할 때가 올 거야
생은 유한한데
내일을 모르는 나비는
오늘이 계속되는 줄만 알았지

허물과 번데기 벗고 나비 된 후에야
시원한 공간을 자유롭게 날고
꽃을 희롱함이 한때였음을 알고는
이래도 한세상 저래도 한세상
지금 한껏 즐기다 가자 하지만
또 다른 내일이 있음을 알지 못하네,

늙은이 가슴에 찬 바람 불어

늙은이 가슴에 찬 바람 불어
남은 것이라곤 아무것도 없는 것 같아도
아직은 꿈도 열정도 용기도 남아 있다

늙었다고 미리 겁내지 말고
최선을 다해 오늘을 사는 거야

헤아려보니 아직도 남은 게 많아
쌓인 연륜만큼이나 지혜도 많아졌다

인내와 끈기도 무르익었다
마른 나뭇가지 꺾어 불을 피울 줄 아니
아직 나에겐 희망이 있다

나뭇잎 주워 불쏘시개도 할 줄 알고
조가비 주워 국 끓일 줄도 안다

세상에 아픔 없는 생명이 있다더냐.
아직은 활시위도 당길 수 있고
유쾌한 찬가도 부를 줄 아나니
미리 사서 실망하지 말자.

남해 금산 보리암

엄숙하다
깊은 고뇌를 앓고 있는 자들의
긴긴 기도의 깊이
줄지어 앉아서 차례를 기다려
세상의 소음과 단절하고
깊은 묵상에 잠긴다

산 뿌리가 바다에 잠겨
희뿌연 물안개가 산허리를 감싸고
산과 사찰(寺刹)은 공중에 떠 흐르고
이곳의 풍광만 보아도
천 년 사찰의 긴 역사가 아니라도
무슨 효험이 있을 것 같다

그리하여 그 많은 속인이
지은 죄의 업보를 짊어지고 이곳을 찾는다
부처의 은총이 아니라도
이곳의 풍광이 너무도 빼어나
중생에게 위로를 주고 피안을 주고
주린 자에게 빵 한 조각이라도 줄 것만 같다

자신의 갈 길을 개척하고
입을 다물고 염주를 굴려도
부처의 효험이 줄줄이 따라서 올 것 같다
수많은 중생이 줄을 잇는다
우 삼보 좌 삼보
천상천하 유아독존이 아니라 해도.

낙원

모든 욕심 버리고
현실에 자족하지 않는 한
낙원은
세상 아무 곳에도 존재하지 않는
이상의 나라일 뿐이다

현실에 대한 불만과 불평은
오욕의 칠정에서 비롯하니
다 지우고 버려라

인간의 깊은 욕망은
공정한 법의 지배에도
독버섯처럼 자라나니
모두가 인간의 헛된
꿈에 불과하다

"항상 기뻐하라
늘 간구와 감사로"
네 길을 열어라
이것이야말로
낙원에 이르는 지름길

나그넷길에 모든 욕심 버리고
새털같이 가볍게 살다 가자
욕심을 버리지 못하면
태산보다 무겁게 살아야 하리니
낙원은 비우는 데 있다.

장가계(張家界)

신의 솜씨를 달관의 경지라 할까
그저 천상의 비경을 한마당 떼어 놓은 듯
저렇게 뾰쪽하고 높은 산 처음이다
비가 자주 와도 무너짐이 없더냐?
태고의 만고강산

천 길 낭떠러지 절벽에서 자라는 나무들

산허리를 두르는 운무
신선이 살지 않더라도
신의 솜씨가 분명 하구나

변하지 않는 웅비함 천 길 협곡들
산이요 바위요 구름이요 안개라
구름 위에 떠 있는 산봉우리들
꽃이 만발한 보봉호와 무릉도원 어필봉
승천하지 못한 선녀들이 살고 있을까

태곳적 신비의 원시림이다
아무런 경계 없는 원시림에서
원숭이들 주저 없이 먹이를 받아먹는다
구름 비가 온 산을 휘감는다

한 발짝 물러서면 우리네 인생도
보이다 없어지는 안개인 것을
모든 욕심 다 내려놓고 만상을 둘러보니
자연과 동화되는 것이 행복의 지름길이라
어화, 우주 만물을 지으신
창조주 하나님께 모든 것이 있으니.

#. 창 1:1 태초에 하나님이 천지를 창조 하시니라.
* 만고강산 ; 오랜 세월을 통하여 변함이 없는 산천

다알리아꽃

봄꽃들이 다투어 만개할 때
저도 질세라 어여쁜 모습으로
보조개 만들면서 활짝 웃었네

새색시 볼처럼 화사한 미소로
한껏 뽐내는 맵시 토실토실 피웠건만
시인들은 다른 꽃들 노래하기 바빠
그는 시가 되지 못했네

여름 삼복더위 힘겨워 주춤하다가
시원한 갈바람에 맑은 마음 가다듬고
다시 환한 미소 지으며
임의 관심 끌어 보지만

가을 국화 향에 밀리고
산야의 구절초 청순함에 밀려
아직도 시가 되지 못하여
이슬 눈물 방울방울 흘리고 있네

내 영혼의 기도

맑고 순수한 영혼이게 하소서
거짓 없이 영혼을 사랑하게 하시고
말씀에 어긋나지 않은 삶을 살게 하소서

내가 힘들 때 조심스러운 마음으로
자신을 돌아보아
나를 다스리게 하시고

다른 이의 조그만 친절에도
감사를 잃지 않게 하시며
힘들어하는 자에게 희망을 전하게 하소서

한 번의 실패를 거울삼아
두 번 넘어지지 않게 하시고
실패를 두려워하지 않게 하시며
재도전할 수 있는 담대함을 주소서

사방이 막혀 낭패당할 때
하늘의 하나님께 기도하게 하시고
위로도 통할 수 있음을 체험하게 하소서

새벽을 알리는 알람 소리가
아침을 깨울 때 영원히 지지 않을
소망의 꽃으로 내 영혼 피어나게 하시고

칭찬과 비난에도 흔들림이 없는
맑고 고운 겸손과
확고한 신앙을 허락하여 주소서.

밤안개

이삼일 봄비 내린 후
밤거리에 나서다
난생처음으로 밤안개를 만났다
분명히 하얀 것이 보이기는 보이는데
바람보다도 더 와 닿는 게 없다.

하얀 옷자락에 머리카락 풀어 헤치고
밤거리에 휘감겨오는 춤사위를
대지의 넓은 품으로 감싸 안으면
나는 지향 없이 꿈꾸듯
미로 같은 밤거리를 헤맨다

무수한 인간들의
봄날의 실체가 없는 꿈이든가
손에 잡히는 것도 없이
가로등 불빛에 안개는 이슬을 머금고
지나가는 차량의 헤드라이트에
유영하는 실체가 보인다

밤이다. 분명 밤인데 희뿌연 밤이다
구름도 아니고 환상도 아닌데
선녀의 속옷 자락 같은 반투명이다.
내리는 빗방울이 바람에 몸을 풀어
대지를 휘감아 돌며 애무한다

희뿌연 안개더냐 구름이더냐.
땅 거죽을 가볍게
휘돌아 앉으며 대지를 품는다
대지는 봄을 잉태하고 만물이 태동한다
곧 만삭의 몸을 풀리라
나는 황홀한 기쁨에 전율한다.

제목 : 밤안개(2)
시낭송 : 박영애
스마트폰으로 QR 코드를 스캔하면
시낭송을 감상할 수 있습니다

전화위복

등산길 내느라
잘라낸 소사나무
수없이 짓밟혀
멋진 분재 감

정년퇴직

이제는
또 다른 고개
잠시 쉬라는 것이
쉬는 것이 아니네
날로 값어치만
떨어뜨리는 사회

겨울비

부도 처리된 직장
갑작스러운 실직에
눈앞에 떠오르는 식구들
실직자의 눈물.

비밀

심중에 담아
평생 가두어야 하는
영락없는 오해
인간이기에
어느 훗날에
봉숭아 씨앗처럼
튀어나올까.

치매가 오나

지키기 위해 만든
비밀번호
생각이 나지 않아
영 잊어버렸네!

창밖에 꽃눈이 내리면

창밖에 꽃눈이 내리면
이런 날엔 커피 한잔의 따뜻함과
문득 그대가 몹시 그리워집니다.
그대 지금 무엇을 생각하시나요.

그대도 혹시
이심전심으로 나를 생각했나요
그대의 숨결이 따뜻하게 스며들면
나의 마음엔 그대 향기로 가득해요

겨울 창가에 서면 눈송이처럼
그대에게로 내리고 싶지만
우리의 행복한 내일을 위해
가슴에 고이 접어 두기로 해요

창밖에 꽃눈이 내리면
하얀 눈이 창가에 소복이 쌓이고
그대의 아름다운 마음도 꽃눈이 되어
내 가슴에 그리움으로 쌓인답니다.

첫눈 내리는 아침에

하얀 아침에
순백의 하얀 미소
수줍은 듯 내리면
내 가슴은 오아시스를 만난 듯 뛴다.

얼마 만인가
남국의 거리에 활짝 핀 설화
무수히 휘 내려
허전한 빈 가슴 감싸주는데

하얗게 피어난 고운 사랑
송이송이 내려 얼굴에 닿으면
차가운 이슬방울 되어
온몸에 녹아 흐르고

무수히 떨어지는 꽃잎처럼
낙화하는 겨울 눈꽃이 그리워
신열을 앓는 사랑은
하얀 비목이 되어 고적하다

너의 새하얀 순결한 영혼
사뿐히 나의 품에 내려앉아요
정녕 너를 사랑했기에
못 잊어 영원하리라.

* 부산에 첫눈 오다
2018년 1월 10일.

사랑은(1)

내 마음에 맞지 않아도
이해해주며
더 많이 사랑했다고
나도 그만큼 받으려 하지 마세요
사랑은 주는 것이라오.

네가 나를 알아주지 않고
받아주지 않아도 먼발치에서
포기하지 마세요
별은 낮에도 있지만
태양에 가려서 잘 보이지 않는 것이라오.

사랑은 관심이요 책임지는 것이라오
상대를 존중히 여기고
자신을 희생하며
모든 것을 함께 하고
주고 또 주고 는 것이라오.

사랑은 하늘같이 높고
바다같이 넓은 것이라오
상대에게 부담을 주지 않으며
꿈속에 서라도 상대를 그리며
끝까지 믿고 기다리는 것이라오.

노숙자의 주장

나는 지금 방황하고 있는데
내 몸 하나 누일 곳 없어 거리를 헤매는데
사랑이 무엇이던가요?
세상에서 버림받고 부모도 형제도 없으니
삶이 너무 고달파요
사랑받아 본 적이 없는 저에게 사랑을 논하지 마세요

내가 지금 주저앉아 있는 것은
행복했던 기억이 없기 때문입니다.
설혹 내가 사랑을 베푼다 해도 누가 나를 믿어 주리요

사랑을 받아 본 일이 없으니 사랑할 줄을 몰랐습니다.
경쟁만이 살길인 줄 알았으므로
자신이 살기 위해서는 이웃을 가차 없이 짓밟았습니다.
그러고는 낙오자가 되었습니다.

극단적인 자기중심에서 벗어나기가 참으로 어렵습니다.
하지만 자기중심에서 벗어나
남을 배려하고 이웃과 나누어야
사랑을 얻을 수 있다고 합니다
말은 비단같이 고운 말입니다

믿음을 따라 산다는 것은 나 혼자가 아니라 이웃과 더불어
같이 울고 웃는 두레 공동체의 삶입니다.
그렇다면 발붙일 곳 없는 저를 누가 먼저 사랑할 수 있나요?
예수 사랑 갖다 붙이며 농락하지 마세요
지금 나에겐 예수보다 당신의 사랑이 더욱 절실해요.

노숙자의 고집

'인생은 자유다 그러므로 자유다'
바람같이 구름같이 떠돈다

역사(驛舍) 안에서
자신의 실루엣을 본다
방랑의 짐 벗어 놓고도
태산 같은 삶의 무게

"인생은 남이 살아주는 게 아니야
내 인생은 내가 산다고"

고집스레 자신을 내 세운다
그렇다고
누가 알아주기나 할까
그래도 제 잘난 맛에 산다.

감사와 행복

진종일 다하도록 감사하는 마음이면
감사할 일이 많아진다
감사하는 마음에 행복이 따르나니
하늘은 한층 더 푸를 것이요
태양은 한청 더 빛날 것이다

산이나 들에 아무렇게나 피어난
작고 앙증맞은 풀꽃을 보며 감사하는 자
작지만, 소박한 것에 감사할 줄 알면
그 마음엔 언제나 행복이라
감사하는 마음이면 모든 것이 넉넉하다

불평과 불만이 많으면 불행이 따르고
자족하는 마음에 감사와 행복과
충만한 기쁨이 자리할 것이니
내가 가진 것으로 만족하고
살아 있음에 감사하고
남이 갖지 못한 것 가졌음에 감사하라

비록 가진 것 없이 가난할지라도
내가 가진 것을 헤아려보라
아침에 태양이 찬란하게 떠오르고
밤엔 달이 차고 별들이 무리 지어 빤짝이고
싱그러운 바람과 맑은 물이 있음에 감사하라
있는 것에 감사하지 못하면 항상 불행이다

춘하추동 사시절이 있음에 감사하지 못하면
봄엔 나른해서 싫고 여름엔 더워서 싫고
가을엔 낙엽 지는 쓸쓸함이 싫고
겨울엔 춥고 을씨년스러워서 싫나니
내게 없는 것을 헤아리지 말고 있는 것을 찾아 헤아리라
세상은 밝고 한층 더 따뜻해지리니

제목 : 감사와 행복(2)
시낭송 : 박영애
스마트폰으로 QR 코드를 스캔하면
시낭송을 감상할 수 있습니다

5월의 신부

5월은
클레마티스가 피어나는 계절
고결하고 아름다운 신부의 계절이다.
당신의 마음은 진실로 아름다워라
생기 넘치는 열정과 순백의
하얀 드레스 휘감으며
꿈과 희망에 가슴 부푼
혼례를 앞둔 정결한 처녀가
화선지에 한 폭의 그림 속
선녀같이 피어나는 계절이다

5월은
장미가 예쁘게 피어나고
라일락이 하늘거리는 계절
벌 나비가 춤추고
만물이 역동하는 계절이다
5월의 꽃향기 가득 담아
사랑으로 영근 꽃봉오리 터지는
젊음이 약동하는 연초록의 꿈이
그대 가슴에서 피어난다.

5월은

따사로운 햇살이 아지랑이처럼 피어

아낌없이 축복을 쏟아내는 계절

드레스 자락 끌며 사뿐히 걸어오라

싱그러운 5월의 향기로

그대 가슴에 채우리니

이팝나무 그늘에서

오월의 은총이 너를 기다린다.

＊클레마티스 : 꽃말은 고결하다, 당신의 마음은 참으로 아름답다.
　　　　　　넝쿨 식물이다.

제목 : 5월의 신부
시낭송 : 최명자
스마트폰으로 QR 코드를 스캔하면
시낭송을 감상할 수 있습니다

비파의 고독

늦가을에 피는 꽃은 방랑자의 고독
침묵은 검은 나뭇가지에 머물고

텅 빈 가슴 칼자국만 있을 뿐
된서리 차가움을 홀로 견뎌야
봄에 열매를 맺는 비파의 고독이다

지금은 겨울, 삭풍이 몰아치고
어디서 따뜻한 햇볕 마음껏 얻으리오

회색 낮달이 서쪽 하늘에 걸렸고
기러기 울음소리만 심란한데
비파의 설움은 커져만 가네

동지를 앞둔 긴 겨울밤의 한가운데서
꽃을 지우지 못하고 엄동설한에
열매는 생육을 중지하고 어떻게 지날꼬

비파는 늦가을에 꽃피웠으니
묵묵히 인고의 세월 견디고 나면
노란 비파 열매 익어가겠지.

* 비파는 남해안 지방에 주로 서식하며 개화 시기 10~11월 겨울 동면을
하고 남 먼저 열매가 열리나 이듬해 6월이나 되어야 익는다.
비파는 사철 푸른 나무이며 잎, 열매, 수간피(樹幹皮), 나무껍질, 뿌리,
까지 버릴 것이 없는 약용으로 쓰인다.

평안이 있습니까?

흘러온 인류의 역사는
찬란한 평화의 아침을 갈망했으나
끝없는 욕망을 버리지 못하여
평화로운 찬란한 아침을
갈망하면서도
간헐적인 평화만 맛볼 뿐
거의 전쟁과 다툼에 절어 살아왔습니다

그것은 이기심 탐욕 자기중심에서
벗어나지 못한 결과라
남을 이해하지 못하고
용납하지 못하고 받아들이지 못하니
죽기 아니면 살기다
전쟁터에서나 있을 법한 얘기를
우리는 잘도 서슴없이 뇌까리니
헛된 구호에 그치는구려.

이기심, 탐욕, 자기중심
버리고 비우면
참 평화 채워지련만.
다른 사람의 입장에 서보지 않고
갈등하고 양보가 없으니 다툼뿐이라
서로의 다른 점을 이해하자
서로를 인정하고 사랑으로 보듬자
치열한 전쟁과 파멸의 늪에서 살아나는 길이니.

태양과 달의 신화

하늘을 보좌로 한 태양
달과 뭇별들을 거느렸으니
그 권위와 권세가 우주에 미침이라
그의 이름은 '다즈보그'
그의 위용은 신중에 으뜸 같도다.
태양이 인간의 머리 위로 지날 때는
인간의 눈으로 감히 쉽게 볼 수 없으니
달과 별들도 그 앞에서는 자취를 감추는도다

달은 자상하고 부드러운 여인이라
그 자궁이 튼튼하고 혈기 왕성하여
하늘의 무수한 별을 낳아
셀 수 없는 숫자로 어미의 권위를 세우니
그 이름은 '메샤츠'라
우주에 그녀와 비길만한 여인이 없음이라
그녀는 고상하고 정숙하며 아름답다
현숙하고 지혜로운 여인
뭇별들을 거느리고 우주를 품도다

우주 만물이 인간을 위하여 창조되고
인간을 위하여 존재하건만
인간은 어리석고 무지하여 그것들을 섬기나니
보기에 크고 높고 넓고 무한함이라
만물의 영장인 사람이 그것들을 섬기며
그들에게 복 주기를 비니
조물주의 진노가 극에 달하도다.

"주의 진노의 날에 만국을 다스리는 권세 입은 자 나타나
천하 만상을 질그릇 깨뜨리듯 하니
하늘이 두루마리처럼 말리고
태양이 빛을 잃어 청담같이 검어지며
별들이 설익은 무화과 떨어지듯 하고
달도 지구도 온데간데없이 사라지니"
천하 만물이다. 주의 주권 안에 있도다.

* 슬라브 민족은 태양을 '다즈보그' 달을 '메샤츠' 라고 부르며 그들의 신으로 섬겼
고 땅 위의 수많은 사람이 태양과 달을 숭배하고 있다.

흙

흙은 모든 생명체를 길러주는 모체이다
여기에 꽃도 있고 열매도 있으니
인간의 모든 희로애락이 여기에서 나온다.

인간은 흙이다.
인간 육체의 본질은 흙이니
흙에서 와서 흙으로 돌아간다.
흙에서 왔기에 身土不二이다
우리는 흙의 소산(所産)을 먹고 사는 거다

우리는 진토(塵土)이다
흙을 먹지 않고는 살아갈 수 없는 것
오늘 나는 내 조그만 텃밭에서
고향 냄새를 맡는다.

흙은 모든 생명을 품고 순환시킨다.
여기에 모든 모성애가 있고
진선미가 다 여기에 있으니
흙은 모든 생명체를 품은 아름다운 자궁이다.

자화상

불혹이면
지천명이라는데
고희를 넘긴 지 몇 년 인가
오 척 단신에 빗질하지 않은
몇 가닥 남지 않은
머리카락이 부스스하다

아름답게 화장으로
덧칠한 부끄러운 가면(假面)
흰색 켄트지 위에 그려진
겉은 화려하지만, 안에서
냄새나는 곪은 상처

감추려 덧칠할수록
더욱 더러워지는 것
숨기려 해봐야
발가벗기어지는 것을
이제는 분장을 지우고
새롭게 다듬어야지

아하! 나의 두 얼굴이여
내 속에 두 마음이 싸우고
이 가면을 벗기 전엔
나는 困苦하리라
주님 앞에 차라리
민낯으로 나아가자.

매화 연정

삭풍이 냉기를 안고 돌아
모든 초목 긴 동면에 빠져들고
매서운 북풍이 회오리쳐
온몸이 얼어붙는 설한풍에도
가지마다 눈꽃 송이 품은 설중매(雪中梅)라

오매불망 보고픈 마음에
뜨거운 열정 어쩌지 못해
하얀 눈 송이송이 머리에 이고
서둘러 꽃이 피어 매향이 그윽하니
그대여 서둔다고 꾸짖지 마오.

멀리서 오시는 우리임은
아직 소식 알 길 없어도
한없이 사모하는 내 마음은
일각이 여삼추 같사오니
오솔길 지름길로 바삐 오소서

먼 산모퉁이에 임에 얼굴 비치면
흰 가지 흔들어 털어버리고
하얀 면사포 하늘에 날리며
민낯으로 단장하여 마중하리니
봄꽃들의 짙은 화장 피어나기 전에
그대여 단걸음에 달려와 주오.

길이 참으시는 아버지

맑은 하늘 흰 구름 떼 지어 떠도니
간밤에 뇌성과 천둥 세찬 비바람 있었는가 보다

하나님께서 한번 깨끗이 씻으시니
한여름 폭염 속에서도 이렇게 수정같이
맑은 하늘은 어떠하며
하얀 솜털 같은 구름은 어떠한가.

미세먼지로 뒤덮인 잎새를 청정 옥수로 씻어내니
그 맑고 신선한 잎사귀는 신선이 마시는 은잔 같아라.
이 잔에 포도주로 채울까 감로수로 채울까
옥액금장(玉液金漿)을 채워 올릴까

노도 강풍이 없으면 유익 하리 환난 고통이 없으면 유익하리
인간만사 새옹지마와 같으니 하나님의 섭리를 누가 알리오.
이 모두가 하나님이 내리시는 은혜이니
무엇으로 보답할 수 있으리오

주의 사랑은 노여움을 쉬 그치시고
자기 백성을 한없는 사랑으로 감싸 안으시도다.
"자기 백성이 넘어져도 아주 엎드러지게 아니 하시며
아프게 하다가도 싸매어 안으시니"
단 한 사람일지라도 자기 백성을 위하여 길이 참으시는도다.

* 옥액금장(玉液金漿) : 빛깔과 맛이 좋은 술
* 시편 37:24절, 욥 5장 18절.

양지나 음지에 구별 없이

비가 내립니다
밤낮 쉼 없이 조잘거리며
가을비가 며칠째 내립니다
비는 메마른 대지 위에
골고루 뿌려 해갈을 시켜줍니다

한결 시원한 바람과 함께
뜨락의 나뭇잎새에도
활짝 핀 코스모스 꽃잎 위에도
가을 열매 영그는 들판에도
살아있는 모든 생명 위에 내립니다

비가 내립니다
들에도 산에도 축복의 가을비가
하염없이 내립니다
메마른 내 영혼 깊은 곳의
찌든 때 자국 위에도 흘러내려
하얗게 순백의 꽃잎 같이 씻겨줍니다

풍성한 가을을 재촉하는 단비는
상류층의 여유로운 영토에도
가난하고 순박한 농부의 전답에도 뿌립니다
하늘을 향하여 삿대질하는 자들에게도
선악 간 모든 이에게 골고루 내립니다
양지나 음지에 구별 없이 내리는
임의 보편적인 사랑입니다

황혼 길에 옷을 벗는 친구여

황혼 길에 옷을 벗는 친구여
어쩔 수 없는 계절의 변화에
울긋불긋 퇴락한 빛깔로 옷을 갈아입고
뒤란으로 돌아서는 마음이 아프구나.

젊어서는 젊은 호기로
사람의 마음을 감동하게 하더니
늙어서도 농익은 예리한 판단으로
내 마음에 감동을 주는구나.

나부끼던 단풍잎 흔들리다
공중제비를 넘으며
겉 옷자락 집어 던지듯 수의로 갈아입는
절묘한 재주를 선보이고 가는구나.

친구여 서러워 마라 꽃비가 휘 내릴 때
인생이 얼마나 황홀했었냐.
이제 북풍한설을 앞두고 옷을 벗지만
절세가인도 영웅호걸도 피해 갈 수 없는 길
누구나 함께 가는 공수래공수거가 아니더냐.

목이 긴 사내

주황색 커튼 너머로
늙은 황혼이 걸어온다

나는 머리가 하얀 머슴애
퇴색한 깃발과
빛 잃은 훈장
꺾어진 어깻죽지
비틀거리는 발걸음
세월의 그림자 위에
발자국을 남긴다.

초록 송송한 솔잎 너머로
행여 무엇이 있을까?
나는 싱겁도록 목이 긴 사내
비록
꿈의 신기루였다 할 지라도
난 기린처럼 부끄럽지 않다
아직
활시위도 당길 수 있고
유쾌한 찬가도 부를 줄 아니까.

제목 : 목이 긴 사내
시낭송 : 박영애
스마트폰으로 QR 코드를 스캔하면
시낭송을 감상할 수 있습니다

110

나의 아버지

제목 : 나의 아버지
시낭송 : 박영애
스마트폰으로 QR 코드를 스캔하면
시낭송을 감상할 수 있습니다

모든 시련과 고통 망각하고 싶어라
험준한 단애 절벽에 털썩 주저앉아
기진하여도 영원히 주저앉을 수 없는
아버지란 이름의 삶의 굴레를 난 알지 못했습니다.

6. 25로 복부 관통상을 입어 뱃살이 밀려 나와
광목 붕대로 칭칭 동여매고
농사일하시던 아버지
그 고통이 어떤 것인지 짐작도 못 했습니다

지독한 가난 속에서
여덟 식구의 가장이라는 호칭 아래
까만 눈동자들이 아버지만 바라보고 있으니
힘들고 고달파도 내색하지 않았습니다.

그 어떤 어려움 속에서도 보상 한 푼 받지 않고서
당신의 힘으로 육 남매를 교육하시며
희망의 불을 밝히셨던 아버지
자식들을 위해 온몸과 마음을 쏟아 희생하였건만
정작 자식들은
아버지는 응당 그러려니 했습니다.

처음 동네 어르신들과 함께
제주 여행 가서 용돈 아껴 사 오신
선풍기를 보고 좋아했던 철없는 자식
폐암 말기로 영면의 길을 가셨을 때
이 아들 손엔 유공자 유족증이 들려 있었습니다. 아버지!

동백꽃 사랑

겨울에 어렵사리 꽃을 피워
추위에 서러운 맘 가슴에 품고
온밤을 지새워 기다립니다

얼어 핀 동백꽃은 임을 만나
평생에 연을 맺어 살고 싶건만
북녘의 눈꽃 설화 소문만 무성하네

언제나 사무치는 그리움으로
기다림에 지쳐서 떨어진 꽃송이
두 눈이 짓물러 스러져간다

쉬 잠 못 이루는 긴긴밤
오늘도 삭풍은 불어오는데
기다리는 당신은 언제나 올까

오늘 밤 임께서 오신다면
낭군의 품속에 꽁꽁 얼어 있어
한 송이 설중화(雪中花)로 피고 싶어라.

빗소리

비가 내린다
내 마음 빈자리에
소록소록
지친 내 가슴
찢긴 상처를 핥으며
하염없이 감싸 안지만
나의 혼미한 영은 진종일
쉼 없이 그대를 향한 그리움에
사무치는 빗소리 따라
심중에서 젖어 흐르는 눈물.

문전에 내리는
빗소리마다
너의 발걸음 소리인가
귀 기울이면
여름 모진 폭풍우이든 밤
찾아오던
너의 모습일랑 간곳없고
칠흑 같은 어두움 속에
빗소리만이
허전한 내 마음에
젖어 흐른다.

공단의 여공들

직조기 돌아가는 소리
바깥의 혼잡한 자동차 소리
호각 소리, 욕하는 소리와 다르다
철거덕 철거덕 직조기의
소리가 쉴 새 없이 뭉친다
실오라기 떨어질세라 천장엔 분무기
겨울 여름 없이 섭씨 32도
겨울에도 한 시간 일하면 답답하여
속옷 브래지어도 하지 않고
작업복만, 몸에 착 달라붙어
드러나는 여인의 조각상
실오라기가 떨어져 기계가 철거덕 서면
즉시 빨간불이 켜지고 사내의 고함
여공은 하나의 생산하는 기계
3교대로 24시간 쉴 새 없이 돌아간다.
인간은 없고 기계만 있을 뿐이다
화장실 갈 땐 보조공을 세워 둔다
먼지와 땀과 소음과 씨름하는
공단의 어린 여공들
지금도 그럴까?

목욕

욕조에 물을 가득 받는다
더러워진 몸으론
당신에게 갈 수 없어
발끝부터 정수리까지 나를 담근다

욕조 가득 수증기 어리어
전신으로 타고 내리는
부끄러운 눈물

오늘 하루의 일과로 더러워진
먼지와 때 말끔히 씻어
마음마저 정결해지라고
나의 붉은 심장까지 헹구어 낸다

이제는 당신에게로
자신 있게 나아 갈 수 있으리란
오만의 때까지 씻어 내려 한다.

세상에서 한번 구르고 나면
또다시 검은 때가
묻어나는 것을 알면서도
마음의 때까지 씻어 내려 한다.

인생

젊어 한때는
온 세상을 다 차지할 것처럼
설치고 달리고 큰 꿈을 꾸었지만
작아지고 작아지다
일평생 손에 쥔 것이라곤
아무것도 없구나

잠시 잠깐 후에
나 역시 죽을 인생인 것을
그래서 많은 사람은
이래도 한세상 저래도 한세상
이 땅에서 오늘 하루 한껏
즐기다 가자 하는구나

늙고 병들면
옆 좌석에 앉는 것도 꺼린다
늙을수록 목욕을 자주 하는 이유다
늙은 꽃은 벌 나비도
비켜서 간다오

매일 죽음을 향해 가면서도
죽음을 잊고 사는 인생
죽음을 맞을 때
나를 아쉬워하는 자 없다면
나는 인생 헛산 거야

깊은 안개 속에서도
당신이 내리신 희망의 끈 부여잡고
하루하루를 신께 의탁하므로
이 세상 하직할 때
나는 믿음의 용기로
평안히 죽음을 맞이하려오.

여름밤 강가에서

밤마다 애기별들을 데리고 나와
강물 속에 뛰어들어
목욕하는 달은 얼마나 아름다운가.
시원한 강가에서 너를 바라보노라

별들이 별똥별 되어 뛰어내릴 제
강가에서 받아 품으려 했지만
모두 형체도 없이 사라져 가니
나 혼자 안타까워 서러웠노라

해는 기울고 상계봉에 달이 뜨면
강물 속의 달은 혼자 어찌할 줄을 모르고
달이 둘인가 하여 자세히 살펴보니
위의 달은 실상이요 강물 속은 허상이라
어떻게 된 영문을 몰라 어리둥절하였노라

사람에게는 기쁨과 설움이 있고
달도 밝음과 어둠이 있으니
세상은 완벽할 수 없음이로다.
온화한 달빛은 자식 잃은 설움에
외로운 강가에서 고독하고 처량하다

여름의 길목에서
너도 처량하고 나도 처량하다
그리워서 깜빡이고
보고파서 깜빡인다.

오색 단풍

봄의 신록과 여름의 녹음
가을의 농익은 화려함이
이제 막을 내리고
스산한 가을바람이 분다

오색단풍 고운
화려한 무희(舞姬)의 옷을
미련 없이 벗어버리고
주연(主演)은 뒤안길로 사라진다

어떤 약으로도
치유될 수 없는 상혼(傷魂)
발에 밟혀 짓이겨지는 고통
뼈를 깎는 단말마의 절규

새 옷으로 갈아입기 위해선
어떤 희생도 시린 아픔도
절망의 순간도 감내해야 한다
그 후에야 다시 연록의 잎새로
되돌아가리니.

옛집

낙동강 칠백 리에
기러기 떼 울어대면
호롱불 밝혀 그을음을 올리고
밤늦도록 할머니의 옛이야기에
외로움을 달랬다

외딴집
녹색의 탱자나무 울타리와
회초리가 되었던 커다란 수양버들
초가삼간에 찌그러진 사립문
나를 반기던 멍멍이는 어디 갔나

고단한 삶 전설이 되어
그리운 어머니 아버지 어디 계시고
마냥 웃고 떠들던 철부지였던 나는
칠십을 넘기고 반백이 되어 찾아왔건만
이젠 나를 반기는 이 아무도 없네

옛 초가가 있던 자리엔
현대식 축사가 들어서고
낯선 사람들이 터를 잡았는데
혼미한 추억 속의 이방인은
내 유년의 추억이 아물거려
쉬 발걸음을 떼지 못하고

서산에 걸린 해님
속없이 빙그레 웃으면
누군가가 나를 붙잡는 것 같아
자꾸만 뒤돌아보는데.

동병상련

언제든가 우린 같은 둥지에
태어난 같은 형제요 자매였다
일찍부터 우린 중한 병을 앓았고
누군가 사랑하는 방법을 몰라
다른 이를 이해할 줄 몰랐다

버리자 부질없는 자존심을 버리자
내 마음 최대한 낮추며
진실하게 마음을 열어
아파하는 마음들을 어루만지자
네가 아프면 나도 아프다

네 탓 내 탓이라고 하지 말고
흰 눈 내려 대지를 포근히 감싸 안듯
귀 기울여 아픈 사연 들어주자
상대의 마음을 움직이는 것은
내 마음을 먼저 여는 수밖에

그리고 손을 맞잡고
따뜻한 온기를 전하자
그대 마음이 아프면
내 마음도 아프다
우리는 모두 아픈 나그네다.

도전

잃어버린 과거가
스멀스멀 기어 나온다

두 번 다시 기억하고 싶지 않다
수없이 문을 두드렸으나

애벌레가 허물을 벗지 못하고
나비가 고치를 뚫고 나오기 힘들다

힘없이 주저앉고 싶었다
제자리를 맴도는 신음

날개를 끌면서라도
열심히 단련해 날것이지

빙빙 돌지만 말고
이제라도 봄의 축제에서

송이 꽃마다 앉아보라
모든 것이 네 의지에 달렸으니

날개에 힘을 주어
꿈을 향해 시도해보라

오늘은 비록 날개를
끌며 나왔을지라도

내일은 날아 난분분하리니
꿈은 도전할 때 이루어진다.

사랑은

서로 헤어지기 전에
한 번 더 생각해 보세요
함께했던 추억들
이대로 끝낼 수 있는지

나를 정말 사랑해 주는
사람이라면 놓치지 마세요
외모 신분 배경은
나중에 생각해도 늦지 않아요

슬프고 힘들 때
가장 먼저 생각나는 사람
놓치지 마세요

사랑은 주는 것이라지만
사랑은 주고받는 것
일방적으로 주기만 하고
받지 못하면 오래가지 못해요

나에게 소중한 존재라면
후회하기 전에 붙잡아요
사랑도 도전하는 자가
쟁취하는 것이라오

하나님께서
짝지어 주실 것이라 믿고
아무것도 하지 않는 사람은
뒤늦게 되찾으려 하나
그때는 이미 그 사람은 없습니다.

희망으로 사는 인생

사람에겐 누구나
단애의 벽이 있고
죽음보다 깊은 수렁이 있다
인생길에 도사리고 있는 절망

그것이 내가 가야 할 길이라면
내 앞길 절벽이 가로막아도
수만 리를 둘러서 가든지
담쟁이넝쿨처럼 기어오를 수 있다.

절박함이 없으면 쟁취하지 못하나니
목마른 이가 우물을 판다
파보지 않고 탄식부터 하랴
좌절하고 소리치며 누굴 원망하랴

애초에 너무 큰 허욕은
채울 수 없는 것
물이 차고 넘쳐서 바다로 흘러도
바다를 다 채울 수 없으니

분수에 맞는 작은 소망은
아름다운 희망의 꽃으로 피어오리
질곡의 늪에서라도 흔들리지 않고
희망으로 사는 인생이라.

가을의 노래

지난여름 뜨거운 열꽃도
싱그러운 가을과 함께 사위어 갔네

감성이 주렁주렁 달리던
시의 선율에
고결하고 고요한 언어들이 속삭인다

바위틈에 피어난 야생화
바람 줄기 따라
싱그러운 향으로 피어나고

솔잎에 걸린 거미줄에 거미가
가을바람 지날 적마다
아름다운 선율로 현을 켜면

한없이 고적한 저녁에
귀뚜라미의 합창이
한층 더 자지러진다

코스모스꽃들이 현란하게
춤추는 언덕에
고추잠자리 맴돌고

가혹한 여름을 이겨낸
농익은 과일들이
저마다의 빛깔로 풍성한 만찬을 벌이니

사랑하는 이여, 이 가을 만찬에 오셔서
지금껏 살아온 날이 고달팠어도
모두 잊고 우리 사랑을 노래해요.

소돔과 고모라

땅 위의 무수한 인간들이
죄악의 포도주를 달게 삼키고
달콤한 유혹에 충혈되었다

끊임없이 시궁창 속에서
비틀대는 일탈의 세계로 이끄는
포르노그래피의 열정

의인 열 사람은 어디 가고
농밀한 밀어의 속삭임에
사내들의 거친 숨소리

빛과 어두움이 분리되지 않은
영원한 혼돈의 세계
수많은 사람이 관능의 늪에 빠진다.

새해 아침을 맞으며

어디선가 파랑새 한 쌍이
날아와 새해 인사를 할 것만 같다
아침의 찬란한 태양 빛에
마음을 밝히며 이웃들에게
간절한 소망의 인사를 전한다

온누리를 밝히며 품어 안는
태양은 못되더라도
내 가까운 이웃에게 꼭 필요한 사람으로
일 년을 하루 같이 사랑으로 꽃피우자

남을 탓하기 전에
나 자신부터 헤아려보고
맑은 아이의 화사한 미소처럼
언제 보아도 정다운 사람으로
사랑하는 한 해가 되었으면

새해엔 서로의 얼굴을 마주 보며
진정한 마음으로
서로에게 변함없는 행복을 빌어주자
삼백육십오일 한결같이
새로운 아침을 열어가자

happy new year.
새해 복 많이 받으세요.

궤도 수정

별 고민 없이
내 삶에 안주하며
숙명처럼 정주해 있는
상실의 시간은 없었을까

내 인생 삶에서
궤도 수정을 하여
껍데기를 깨고
허물을 벗고
오른쪽으로 약간
방향키를 틀었더라면
쓰레기 더미에서
장미를 피우고
원석을 쪼아 가브리엘을 만드는
커다란 전환점이 되었으리라

시위를 한번 떠난 화살은
방향을 바로잡기 힘드나
아직도 늦지 않았다
열심히 문을 두드리자.

복수초의 꿈

언뜻 스치는 따사로운 미소에
복수초가 꿈을 꾸었습니다.
아직은 삭풍(朔風)이 나무 끝에 머물고
밝은 달빛은 눈처럼 희고 찬데
눈이 시리도록 서로 바라만 보니

겨울의 하늘은 유리 조각같이
만지면 베일 것만 같고
다가서면 파열음(破裂音)을 일으키고
산산이 부서질 것 같아
쉬 다가서지도 못하고

깊은 밤 달빛의 숨소리가
멈춘 듯 질식할 것만 같아
지난가을 뒤란으로 사라져간 바람은
다시 돌아올 엄두도 못 내는데

남모르게 먼 남녘으로부터
남풍이 일어난다는 소식이 들려오니
지난날의 화려함을 잊지 못해
복수초가 붙잡을 사이도 없이
먼저 돌아올 채비를 하더라.

침묵의 호수

밤새워
호수의 물결이
말없이 잔잔했다

하늘을 씻어주고
달도 씻어주고
별도 씻어주고

여명이 밝아오며
잔잔한 물결이
드러날 때

세속의 소음도
미세먼지도 코로나도
다 씻기었으면

아침 햇살에
어제와 다른 평화가
물안개처럼
온 세상 드리웠으면.

단비

늦여름 가뭄 끝에 내리는 단비
주룩주룩 노래하면
기력이 쇠하여 메말라 가던
농작물에는 더없는 반가움이다

타들어 가던 목젖엔
아직 부족한 목마름이지만
심한 갈증으로 시들어가던
잎새들엔 더 할 수 없는 단비

일광화상에 데어가던
열매의 간절함은 단비를 부르고
뭔가 새로운 탄생을 기다림에
풀벌레들의 화음도 잦아들었다

바위틈에 숨겨놓은 구절초 한 송이
심장에 박힌 깃털처럼 흔들릴 때
너를 기다리며 흘린 눈물이
꽃잎에 총총히 맺혀
생명의 숨결로 달려 있다.

당신의 빛과 향기로

수많은 사람은
풍성한 채움을 위하여 기도하지만
나는 비우고 내려놓기 위하여
기도합니다.

부질없는 욕심 버리고 비우면
내 인생의 봄날은
언제나 지금이라
만족과 행복으로 치유되나니

나의 마음에
사랑과 감사로 채우렵니다.
이미 많은 것을 받았기에
그것으로 충분합니다.

아무런 값없이
나는 맑은 공기 마시고
자연스럽게 물을 마십니다.
주여! 당신의 빛과 향기로 충분합니다.

제목 : 당신의 빛과 향기로
시낭송 : 박영애
스마트폰으로 QR 코드를 스캔하면
시낭송을 감상할 수 있습니다

소나기

오랜 폭염과 가뭄 끝에
소나기 시원스레 쏟아지면
타는 갈증으로
축 늘어졌던 잎새들이
푸른 춤을 춘다

개울마다 모여든 물줄기
힘차게 환호하며 내달리고
산골짝 숲속에서
늘어지게 잠자던 바람도
달려 나와 어깨춤을 춘다

정오인데도 어둑한 구름 아래
희뿌연 빗살 쏟아지면
우산을 받쳐 든 사람들
바짓가랑이 흠뻑 젖어도
마음만은 흥겨워 춤춘다

불길 같은 소나기 소리
요란스레 가슴을 파고들면
피아노 건반을 치는
월광 소나타 3악장이
내 마음속에서 춤춘다.

상사화

해맑은 파란 하늘 아래
가슴 아리도록 슬픈 사연
보고파도 볼 수 없는 운명
긴 기다림에 목이 길어진 너

사랑하면서도 어긋난 운명
엮이지나 말 것이지
날마다 그리움으로 애태우다
길어진 붉은 꽃술로 단장하네

전생에 연이 닿지 않아
홀로 피운 꽃
평생에 한이 되어 죽어서라도
임의 곁에 묻히고 싶어라

만나지 못하는 사랑은
죽음보다 애달프다
차라리 애타는 기다림보다
죽어 만남이 더 쉬우리라.

가면무도회

흰 눈 내리는 날엔
세상의 더러운 것
추악한 흉물로 일그러진
모습까지 다 덮어버린다
인간의 욕심 지저분한 쾌락
남을 탓하는 이기심
창밖엔 시린 고백들이 쌓여 간다

포장하고 가면을 쓰고
분장하여 아무리 덮으려 하고
감추려 해도
눈꽃이 사르르 녹아내리면
제 본색 드러나
여전히 추악하고 더러운 것을
추락하는 별들이 비명을 지른다.

사람들은 한순간의 설화로
시와 노래와 온갖 미사여구로
노래하려 들지만
아서라, 눈꽃으로 덮으려 하지 말고
내면부터 정결하게 정화하자
타인을 진실과 배려로 대하자
눈이 녹은 후에도 순백의 세상이 되도록.

사랑하고 싶을 때

가끔은 사랑하고 싶었습니다
눈 오던 어느 겨울날
걸어온 길을 뒤돌아보며
나의 발자국만 외롭게
나를 따라서 오던 것을 생각합니다
불현듯 느껴오던 상실감
나의 고독

현대인은 대중 속의
고독이란 말이 있지요
개인주의가 성행하고
이기주의만 팽배하고
사랑이 결핍될 때
따라오는 당연한 병이지요

인생이란 아담과 이브같이
우리라는 울타리 안에 들지 못하면
얼마나 고독하고 불안할지
그대의 사랑이 얼마나 귀한 것인지
새삼 절감(切感)합니다
사랑은 모든 삶의 의미
열심히 사랑하며 살아야겠습니다.

시월의 달그림자

제법 쌀쌀한 밤바람은
가슴속을 파고들고
단풍잎 낙엽 되어 떨어지니
홀로 외로움에 빠져
낙엽처럼 스러져 가는 이 많구나

밤안개 희뿌연 연무에 따라
허상만 남은 사랑 부여잡으려
두 팔을 허우적거려 보지만
손에 잡히는 것 아무것도 없고

인생 황혼에 마음만은 청춘이라
힘차게 뜀박질한다고 하지만
옆에서 보는 이의 눈에는
두 다리가 휘청거리고 엇박자만 짚는데

사위어가는 달그림자 붙들고
달아! 나와 사랑을 나누자
하는 거와 무엇이 다르랴!

어이하나 인생들이여 헛된 꿈이로다.
기울어 가는 시월의 달그림자
애태우지 말고 차라리
고달픈 이웃이나 돌아보시오

유년의 친구들아

사랑하는 내 유년의 친구들아
물든 가을 낙엽처럼
하나둘 유명을 달리할 때
나는 너희들 이름 하나하나를
가장 높이 판 양각과
가장 깊이 판 음각으로
내 가슴에 너희들을 새기련다.

백발이 성성하여
기력이 다하여 가도
소중한 것을 감추는 아이처럼
결코 잊지 못할 친구들아
낮달이 지고 저녁달이 뜨는
시점에 서로의 이름들을 새기자

살처럼 빠른 세월 속에
저녁 산마루에 노을 물들어
망각의 기억마저 끊어지는 때
나, 주님께 부탁하여
영원한 저 천국 문 앞에
너희들 명패를 걸어 두리라.

벚나무 아래서

살랑 대는 봄바람에
익은 가지들이 하늘거리고
꽃들은 온갖 교태를 발산한다.

꽃은 화사하게 화장하여
바람과 나비와 벌을 유혹하고
종의 번식을 재촉한다.

교접이 끝난 꽃잎들은
난 분분 휘 내리고
봄은 한층 더 성숙해간다

벚나무 아래서
하얗게 날려가는 봄을 바라보며
욕망도 하얗게 스러져 간다

느낌만 다를 뿐

내 생의 찬란한 아침에
붉은 태양 힘차게 솟아오르고
은빛 물결 출렁이는 바닷가에 섰다

가슴 깊이 밀려오는 환희
깊은 심호흡, 목청껏 소리쳐 본다

힘차게 밀려왔다 쓸려가는 파도
포효하는 파도 소리
만선을 꿈꾸는 어선은
부지런히 먼 바다 쪽으로 향하고

갈매기 짝을 지어 먹이를 찾고
연인들의 콧노래도 흥겨워라

우리 살아가는 날 속에
바람 불고 파도치는 날 없으랴
깨어진 조개껍질 뒹굴지 않으랴

바다에는 이별의 아쉬움이 있다
다정하게 찍었던 발자국을 지우는
물거품으로 부서지는 쓸쓸한 추억이 있다

하지만,
우리네 인생은
찬란한 아침의 솟는 태양을 보는 거와
지는 노을의 삭으러 덞을 보는
안목의 느낌만 다를 뿐이다.

12월에는

또 한해가 속절없이 가버리니
마지막 남은 달력 한 장이 아쉽다
올해도 여전히 안타까운 한해지만
지난날을 한탄하기보다는
아직 남은 시간을 고마워하며
지혜롭게 마무리하는 시간 되게 하소서

보는 것이 많고 듣는 것이 많아서
삶의 교훈이 눈처럼 쌓여 가니
지혜가 깊어진 것으로 위안으로 삼겠느냐?
사람아, 이름을 불러보니 돌아보는 자 많구나.
그렇게도 많은 사람 가운데 나를 기억하고
내 이름을 아는 자는 얼마냐

내일은 또 내일의 해가 뜰 것이니
12월에는 마음에 여유를 가지고
냉기 어린 바람을 고스란히 맞는 이웃들을
얼마나 사랑했고 얼마나 희생했는지
훨훨 타오르는 숯불이 되어
헐벗은 가슴 데워 주게 하소서

또 한해를 마감하고 보내는 이 자리
내 선 위치에서 사랑의 작은 횃불 밝혀
어두움에 헤매는 자들에게
험한 길 환하게 밝혀 위로와 희망을 주는
작은 빛으로 살게 하여 주소서.

"황혼"에 답 합니다

늙어가는 길
처음 가보는 길
한 번도 가본 적이 없는 길이기에
몹시도 불안하고 서툴러 하고
가면서도 이 길이 맞는지?
혹시 잘못 내딛는 것은 아닌지

사방을 둘러보게 되는 것입니다
마치 처음 지하철을 타고
처음 가 본 낯선 곳에서
어디로 가야 할지 헤매는 거와 같습니다.

젊어서는 호기심과 희망으로
가슴이 설레이고 무서울 게 없었는데
이제는 늙어가는 이 길이 너무도 무서운가요?
그래서 오늘 나는 당신에게
새로운 유명한 가이드 한분을 소개합니다.

그분은 이렇게 말씀했습니다
"나는 길이요 진리요 생명이니
나로 말미암지 않고는 아버지께로 올 자가 없느니라"
이분만 따라가면 당신의 그 불안 증세는
말끔히 해소되게 될 것입니다

나이 들어 시간에 여유가 많아
쓸데없는 생각이 당신을 사로잡나요?
좋은 취미 생활을 즐기십시오?

저는 아침 일찍 "시니어"나 각 동에 있는
복지관에 일하고 서예를 배운답니다.
아니면 손바닥만 한
텃밭이나 화단에서 식물을 가꾸어요.
아니면 아까 그 가이드를 찾아 가까운 교회로 가보세요.

그러면 당신의 뒷모습은 노을보다 아름답고
당신의 황혼 길은 꽃길이 될 것이요.
그 어떤 해돋이를 보는 것보다
희망차고 아름다울 것입니다. 아멘!

(요한복음 14장 1~16절.)

사랑이라 하겠습니다

박외도 시집

2023년 5월 2일 초판 1쇄
2023년 5월 4일 발행
지 은 이 : 박외도
펴 낸 이 : 김락호
디자인 편집 : 이은희
기 획 : 시사랑음악사랑
연 락 처 : 1899-1341
홈페이지 주소 : www.poemmusic.net
E-Mail : poemarts@hanmail.net

정가 : 12,000원
ISBN : 979-11-6284-445-8